世界をこの眼で見ぬきたい。

I want to see the world with this eye

12 people talking with TARO OKAMOTO

岡本太郎と語り合う12人

edited by AKIOMI HIRANO

編＝平野暁臣

CONTENTS

本書は岡本太郎を切り口にしたキュレーションサイト「PLAY TARO」に掲載された対談テキストを抜粋し、1冊の本にまとめたものです。

(N°01のみ「岡本太郎生誕百年事業公式サイト」より転載)

世界をこの眼で見ぬきたいと太郎は言った

平野暁臣

世界をこの眼で見ぬきたい。

眼にふれ、手にさわる、すべてに猛烈に働きかけ、体当たりする。

ひろく、積極的な人間像を自分自身につかむために。

究極は、純粋に凝視する眼である。

まさに、そういう眼こそが現実を見すかし、現実の秘密を激しくえぐるのだ。


岡本太郎の言葉です。

「眼」は岡本太郎を体現するキーワードのひとつ。じっさい太郎の名を聞くと、両手を広げ眼を大きく見開いて「芸術は爆発だ！」と叫ぶ、あの独特のポーズを思い出す人は少なくないでしょう。尋常ではない眼力を備えた「岡本太郎の眼」は、〝爆発おじさん〟を象徴するアイコンでした。

しかしぼくが「岡本太郎を体現する」と言ったのはこの意味ではありません。太郎にとって、眼は〝手〟とならんで現実世界とコンタクトする中核的なメディアだったからです。

よく知られるように、東京・上野の博物館でぐうぜん縄文土器を眼にして衝撃を受けた太郎は、すぐさま各地の遺構や大学、博物館をめぐりながら考察を深め、3ヶ月後には美術史を塗り替えるセンセーショナルな「縄文土器論」を発表して世間を騒がせました。

さらに、数年後には東北や沖縄を訪ねて原始日本の片影に触れ、現代人が押しやってしまった〝ほんとうの日本〟を発見します。そのとき太郎が撮った写真には、文字どおり「岡本太郎の眼」がそのまま定着していました。

そしてなんといっても、太郎の絵にはかならず眼が描かれています。生命力をたぎらせた眼が見る者をギョロっと睨む。なにが描かれているのかはわからないけれど、眼であることだけははっきりわかります。晩年になると画面はほとんど眼だけ。風景画や静物画などの定番画題を無視した太郎が唯一描いていたのは〝いのち〟でした。

太郎は自らの眼で見たことだけを信じ、対象の本質を射ぬいていった。それが思想や作品に結晶していったのです。

自分の眼で世界を「純粋に凝視」し、「猛烈に働きかけ、体当たりする」。そして「現実を見すかし、現実の秘密を激しくえぐる」。それが岡本芸術の駆動原理です。

「岡本太郎の眼」は太郎とぼくたちをつなぐ窓なのです。

太郎を視る眼差し

岡本太郎はなにを視ていたのか？

TAROの存在と価値に気づいたぼくたちは、作品を観たり本を読んだりしながら、それを一生懸命考えます。できることなら「岡本太郎の眼」を追体験したい。もっと言えば「岡本太郎の眼」そのものが欲しい。やがてそう願うようになります。もちろんぼくだっておなじです。

しかし、いつしか「岡本太郎がなにを視ていたか」を知るだけではダメだと思うようになりました。それだけでは太郎を相対化して把握することができないからです。「自分は太郎をどう視るのか」という視座をもたないかぎり、TAROという貴重な資源を自分の人生に取り込むことはできません。

自らのアイデンティティを確立し、それぞれの分野で活躍する一級の創造者たちの〝太郎への眼差し〟を知りたい。彼らが太郎をどう視ているのかを直接訊いてみたい。そう思ったのはこうした理由からでした。

幸いなことに、クリエイティブなフィールドで活躍する人材のなかには太郎をリスペクトするアーティストやクリエイターがたくさんいます。岡本太郎を起点にしたキュレーションサイト「ＰＬＡＹＴＡＲＯ」を立ち上げたとき、このアイデアを組み込むことにしました。きっかけはぼくの個人的な興味だけれど、それはそのままＴＡＲＯに迫りたいと願う多くの若者たちの役に立つはずだとの確信があったからです。

５年にわたって連載がつづいた「ＴＡＬＫＳ」はこうしてはじまりました。ジャンルを超えて集まった「新しい価値を生み出す表現者」たちに、彼ら自身のこと、太郎のこと、仕事のことなど、さまざまな話を訊いていったのですが、とうぜんながら彼らの生の言葉はじつに魅力的。示唆に富み、上質の刺激を与えてくれる貴重な証言を、もう一度きちんと本の形で読み直したい。そんな考えから書籍化を企画しました。

２０１９年に第一弾として上梓した『他人が笑おうが笑うまいが、自分の歌を歌えばいいんだよ。』では、副題を「新しい価値を生み出す表現者との対話」としたように、おもに「創造の作法」に焦点を当てました。問題意識や仕事の流儀を問い、彼らの発想と行動の原理を探ろうと思ったのです。

ものごとの本質を見ぬく眼

続編にあたる本作も、表現者たちの「創作態度」の底流にある価値観や仕事観に迫ろうとしている点では変わりはないけれど、話題は、以前にも増して太郎や太郎をめぐる状況について、あるいは彼らと太郎とのかかわりについて、に向かっています。

半ばバカにしていた太郎の研究にのめり込んだ民俗学者、《明日の神話》をまとって紅白歌合戦に初出場したシンガー、半世紀前のメキシコでその《明日の神話》を手伝った画家、太郎に触発されて医療と芸術をつなごうとする医師、なにも知らないまま《太陽の塔》のドキュメンタリーを撮ることになった映画監督、電子音楽で〝縄文のグルーヴ〟を生み出そうとした音楽家……

ここに登場するのは、哲学者からラッパーにいたる多彩な表現者たちで、まさに百花繚乱。民俗学、建築学、医学、哲学など、アカデミックな視座からのアプローチもあれば、映画、音楽、美術などアートの文脈からのアプローチもあり、さまざまな切り口で人間・岡本太郎や岡本芸術にアクセスしていきます。世間話のような雰囲気で行われた対談では、みなさんリラックスして自身の体験や思想を本音で語ってくれました。

岡本太郎や岡本芸術をどう見ているのか、じっさい太郎とどのようなかかわりをもってきたのか、それが仕事や人生にどのような意味をもたらしたのか……

それぞれのシーンで活躍する一級の表現者たちの生の声に耳をすませば、きっといままで気づかなかった〝見知らぬＴＡＲＯ〟に出会える。そうした多様な「岡本太郎を見ぬく眼」を一望することで、太郎にアクセスする〝新たな回路〟が見つかるかもしれません。

さらに、太郎に向けられた彼らの眼差しをより俯瞰した視座から眺めれば、彼らの価値観・人生観を支える「ものごとの本質を見ぬく眼」が見えてくるはずです。それは若い世代の読者に良質な刺激をもたらしてくれるにちがいありません。

忘れて欲しくないのは、彼らが自分だけの「見ぬく眼」をもち得ているのは、かならずしも彼らが一級の表現者だから、あるいは批評の専門家だから、ではないということ。彼らの「見ぬく眼」を支えているのは、太郎を見ぬきたいとの強い意思と、それを自らの糧にしたいという欲望であって、たんに知識や技術の問題ではないからです。

最後に太郎の言葉をもうひとつ紹介しましょう。小林秀雄に自慢の骨董コレクションを見せられ、興味も知識もないにもかかわらず、次々に銘品を言い当てたときの話です。

誤解しないでほしい。
私はけっして炯眼（けいがん）なのじゃない。
また芸術家だから訓練があり、
発見できるんじゃありません。
無邪気に、素直に見れば、
だれにだってはっきりしていることなのです。

TARO

太郎にはまるで興味がなかった。

N°01 NORIO AKASAKA

赤坂憲雄（あかさかのりお）

学習院大学教授。民俗学者。専門は民俗学・日本思想史。東北学を提唱し、民俗学の視点から画期的な岡本太郎論を展開した『岡本太郎の見た日本』（２００７年岩波書店）でドゥマゴ文学賞、芸術選奨文部科学大臣賞を受賞。２０１０年には続編ともいうべき『岡本太郎という思想』（講談社）を上梓。『東西／南北考』（岩波新書）、『境界の発生』『東北学／忘れられた東北』（講談社）、『性食考』『ナウシカ考』（岩波書店）など著書多数。

平野　赤坂さんはある日とつぜん岡本太郎論のフィールドに姿を現したと思ったら、いきなり『岡本太郎の見た日本』（2007年）という豪速球を投げてみせた。びっくりしましたよ。「えっ、なに、どういうこと？」って（笑）。太郎論といえば、それまでは美術界のなかだけの出来事でしたからね。そこに赤坂さんが乱入してきた。そのときの印象は「ついに異種格闘技がはじまった」でした。

赤坂　侵入者？（笑）

平野　そう。そのインベーダーが、思想のリングに太郎を引っ張り出してくれたんです。

赤坂　だってそれが（岡本）敏子さんがぼくに託した役割だから。

平野　でも、『岡本太郎の見た日本』のあとがきに「太郎にはまるで興味がなかった」って書かれていますよね？　なのに、なんでこんなふうにどっぷり浸かることになっちゃったんです？

赤坂　敏子の陰謀だね（笑）。敏子さんとの出会いってね、ある講演後の懇親会なんですよ。人がガヤガヤいるなか、ワインのグラスをもってフラフラ近づいてきて、初対面のぼくにいきなりこう言ったんです。「あなたね、もっと男らしくしゃんとして、ちゃんと書かなきゃダメよ！」。

平野　（笑）

赤坂　ぼくの東北論について「もっとはっきり言いなさい」って。

平野　敏子は赤坂さんの東北学を知ってたってことですか？

赤坂　読んでくれてたんですよ。しかもその日はぼくの講演だったから、ぼくに会うために来てくれていたことはまちがいない。

平野　なるほど。完全に一本釣りのパターンだ。

赤坂　そう、一本釣りです（笑）。もちろんぼくはぜんぜんわからなくてね。「いきなりなにを言うんだろう、この人は」ってびっくりして。なにせ彼女がだれなのかもわからなかったんだから。周りの人に小声で「あの人だれ？」って聞いたら、「岡本太郎さんの奥さんだよ」「えっ、そうなんだ」って。

平野　へえ。

赤坂　太郎の話をされてもぼくにはまったくわからない。じつはそれ以前に、友人が「太郎の東北文化論すごいよ、おもしろいよ」と言って、コピーまでもらっていたのに、読んでなかったし……

平野　なにしろ、赤坂さん、ぜんぜん興味なかったんですもんね（笑）。

赤坂　ないねー（笑）。偏見あったから。「だって、あの岡本太郎だろ？」ってくらいひどいもんでしたよ、ぼくのなかのイメージって。

平野　もしかして知性のかけらもないヤツっていうイメージだったんじゃないですか？

赤坂　うん、たしかに知的っていうイメージはなかったな。こっちに知性があるかどうかは別にしてね（笑）。そんななかで敏子さんがとつぜん現れ、いつしか何度もお会いするようになったわけ。で、会うたびに、ぼくに向かって「太郎さんってね、カッコよかったのよ、すごいのよ。貴方ももうちょっとしゃきっとしなさいよ」って。毎回なんですよ。

平野　ああ、目に浮かぶ（笑）。

赤坂　「切れ味がよくない」とかね、そういうふうに挑発されて。で、「岡本太郎ってそんなにカッコよかったわけ？」って。亡くなった後にこんなふうに伝道して歩いている女性がいるということにも興味をそそられました。

平野　「そのとき太郎はこう考えたのよ」とか、「だから太郎はこうしたの」とか、そういうエピソードをいろいろ聞かされたでしょう？

赤坂　うん、いろいろ聞かされた。

平野　いつもそうだったんです。敏子は「太郎を好きになって！」とか「太郎のことをやって！」などとはぜったいに言わない。その代わり、太郎がなにを考え、なにをやったのか、そういう生の情報をひたすら投入するんです。敏子が目をつけるような人たちはみんなクリエイティブだから、話を聞けばそのおもしろにピンとくる。で、気づいたときにはみんなハマってるわけです（笑）。

赤坂　まさにそんな感じでした。だって、話を聞いたらもう読まざるを得ないじゃないですか。だからまず東北論を読みましたよ、『神秘日本』（1964年）とか。

平野　はいはい。

赤坂　最初の「オシラの魂——東北文化論」（1962年）を読んで衝撃を受けました。自分が「東北学」として10年20年かけてつくりあげてきた世界を、40年も50年も前に岡本太郎という男がつくっていた。ゾクゾクしましたよ。「なんなんだ、これは！」って。

太郎を信じていいとジワジワわかってきた

平野　ところで、おなじあとがきで「はたして太郎はホンモノなのか、信じていいのか……」思いがずっと揺れていた、と当時の心情を吐露されていますよね。そういう疑いのなかで執筆をはじめたと。

青森への取材旅行に訪れた太郎が八戸で撮影した《オシラさま》。本人に"作品"を撮ろうとの意識はかけらもないが、生き生きと臨場感のある見事な写真を大量に遺した。(1962年7月26日撮影)

赤坂　なにしろぼくは太郎の仕事を見ていたわけじゃありませんからね。たしかにこの東北文化論はすごいな、とは思ったけれど。でも、疑いながらも書こうと思った。で、岡本太郎論を書こうと決めて準備をはじめたときに、敏子さんから電話をもらったんですよ。亡くなる2ヶ月くらい前だったかな。「敏子さん、ぼくやっと岡本太郎論を書く覚悟を決めたよ。待っててね」って言ったのが最後でした。

平野　さぞ喜んだでしょうね。

赤坂　それはもう、とても喜んでくれました。「やっとその気になったのね！」って感じで。

平野　準備を進めるうちに「太郎はホンモノだ」と？

赤坂　もちろん感触としてはすごい人だなとはすぐに思いましたけど、日本文化論という土俵で、統一的なイメージをもって語れる存在なのかっていうのは、正直にいえば、1年かけて講談社の全集を1冊1冊丁寧に読んでいっても、まだ確信をもてなかったですね。

平野　というと？

赤坂　「読む」と「書く」はちがうんですよ。書くときは、たとえば、太郎の文章を自ら写し取っていくわけでしょう？　そうすると、どこに曖昧さがあるかとか、どこに逃げがあるかとか、そういうことがわかってくる。とうぜんそういう読み取り方をするわけです。

平野　そうやって、いわば太郎の思考を追体験するわけですね。

赤坂　そう。やってみてね、太郎の思考には逃げもないし、ウソもないってことがようやくわかった。

平野　ああ、なるほど。

赤坂　だから書きながらね、「あっ、これはすごいな。ほんとうに信じていいんだ」っていうことがジワジワわかってくる。でもそのときには敏子さんはもういなかった。いてくれれば、書きながら、あそこはどうだったの？　ここは？　と確認できたんだけど、それができなかった。だからぼくは刊行された本だけで太郎とつきあうっていうことをやったわけです。で、書き終えたときに、「ああ、これはホンモノだ」と。

平野　そうか。けっきょく書き終えたときだったんだ。

赤坂　ぜんぶ書き終えて、落ちついて、あとがきを書くときにしみじみ思いましたね。「これはホンモノだ」って。

新たな時代の語り部として

平野　いまのお話を聞いていて、「臨書」を思い出しました。書の世界では、たとえば空海とか王羲之（おうぎし）とかの名筆を繰り返

青森・栗山で《オシラさま》を撮影する太郎。興味を掻き立てる獲物にギリギリっと迫り、バシャバシャ撮った。(1962年7月22日撮影)

し書き写しますよね。先達の筆さばきを追体験することで、書かれたときの状況や心情を体感し、その美を体に取り込んでいく。

赤坂　うん。だから、読むだけでなく、読んで、書く。書くということにはものすごくいろんな跳躍があるんですよ、ぼくにとってはね。あとがきを書いているときに、「よかったな、岡本太郎という人に出会うことができて。敏子さん、ありがとうね」って気持ちでした。ほんとうに。

平野　ああ、いい話だな。

赤坂　敏子さんはぼくに「太郎さんってカッコいいのよ、色気があってね」なんてさんざん吹きまくったわけですよ。いま考えればあきらかに挑発だった。……みごとに乗りましたね、その挑発に(笑)。

平野　そうやって一本釣りされた人、ほかにもたくさんいますよ。ジャンルはちがうけど。

赤坂　そうみたいですね。ぼくも後から知りました(笑)。

平野　敏子はそうやって、新しい太郎像をひらいていく力のある人、太郎の新しい切り取り方を提案できる人、要するに新たな時代の語り部になり得る人たちを一本釣りしていった。一方で、新聞、TV、雑誌などのマスメディアをとおして太郎を広く社会に露出させる。その両方を同時にやったんです。

赤坂　太郎さんが亡くなった後、敏子さんがまず仕掛けたのは「言葉」だったでしょう？　偏見のない若者たちに、言葉の断片を『強く生きる言葉』（２００３年）などの本にして提示した。あれを読んで救われた人たちがたくさんいて、彼らが再発見をはじめたわけですよね。おそらく敏子さんは作品よりも言葉のほうが伝わると考えた。そうやって、偏見のない若者たちに新しい時代の岡本太郎像を発見させようとしたんじゃないかと思うんですよ。

平野　それが可能だったのは、太郎が言葉を大量に発信し、残したからですよね。そういえば、赤坂さんは『岡本太郎という思想』（２０１０年）のなかで、太郎は「深い思想をひらたい言葉であきらかに説明することができた稀有な芸術家だった」って書かれていますね。

赤坂　だから太郎は嫌われるんです。

平野　おお！（笑）

赤坂　それはもうはっきりしてますよ。なにしろ多くの絵描きやアーティストはほとんど言葉をもっていませんからね。言葉をここまで自在に操ることができた岡本太郎は、やはり嫉妬されますよ。

岡本敏子という巨大な存在

赤坂　敏子による太郎復権は「言葉」からはじまった。おそらくそれは自覚的・戦略的なものだったと思います。太陽の塔があああいう形で残り、《明日の神話》が帰ってくる。若者たちが言葉に触発される。そのふたつにアーティストとしての太郎の集約点がある。そこに誘導していこう。そう考えたのではないかと。

平野　たしかに太郎ほど多くの著作を残した芸術家はいませんからね。

赤坂　あり得ないよね。

平野　そもそも、なんでそうなったんだろう？　ものすごく乱暴にいえば、ものを書くって、要は「説明」でしょう？　基本的にはロジカルな行為だし、論理の世界。一方、作品の創造は直感をベースにした「表現」ですよね。説明と表現はベクトルが真逆。でも太郎はあえてその両方をやった。なぜそうしなきゃならなかったのか。

赤坂　ぼくがこの本（『岡本太郎という思想』）の最初に書いたのは、太郎はすでに１９３０年代のパリで「絵画とは眼や手で描くものではなく、頭と精神でつくるものだ」という理

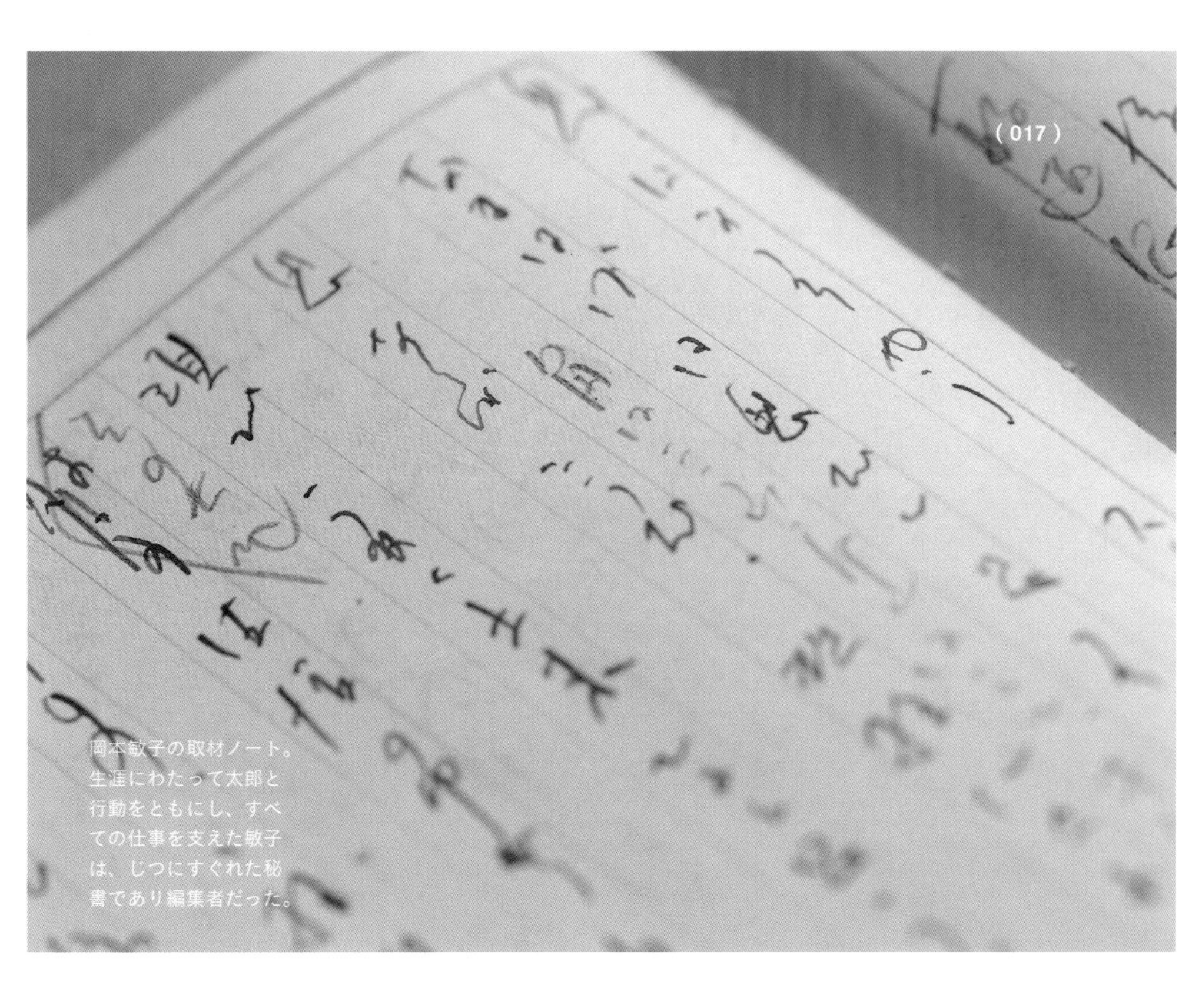

岡本敏子の取材ノート。生涯にわたって太郎と行動をともにし、すべての仕事を支えた敏子は、じつにすぐれた秘書であり編集者だった。

念に到達していた、ということです。

平野　職人的な技巧の問題ではないと。

赤坂　そう。だから「思索なきところに、これからの芸術はない」と言い切った。このマニフェストを実践するために、太郎は「考える人」→「書く人」→「語る人」をやったんです。

平野　なるほど。

赤坂　じつは当時、芸術にとって言葉は雑音だった。そんなもので説明できるものは本物じゃないと。不純物と見なされていたわけですね。でも太郎は1930年代のパリで、抽象やシュルレアリスムなど新しいアートの幕開けに立ちあい、アートシーンが移り変わる現場にとことんつきあうなかで、この理念に至った。それと、やはり敏子の存在が大きかったと思いますね。

平野　なにしろ敏子は太郎の口から放出される言葉を一言一句漏らさずに書き留めましたからね。それがあとでちゃんと著作になって世に出ていった。敏子が口述筆記を担っていたことは有名だけど、どう考えても太郎が頭から結びまで本1冊分を理路整然と語りおろしたはずがない。おそらく思いついた瞬間に外に吐き出してスッキリしただけでしょう（笑）。それを整理し、著作の形につないでいったのは、まちがいなく敏子です。

赤坂　ぼくは書き手だからよくわかる。たとえば、こうやって話をするじゃないですか。もしぼくの信頼する編集者が原稿にしてくれるなら、あがってくる原稿に手を入れることはほぼありません。彼らはぼくがいろんなところで書いたり喋ったりしていることを知っていますからね。場合によっては、言い足りないところを補ってくれることさえある。

平野　赤坂さんがなにを考え、なにを言いたいのか、ぜんぶわかっているわけだ。

赤坂　そう、わかってる。だから逆に、ああ、これはいままで聞いたことがない話だなと思えば強調する。編集者ってそういう役割なんですよ。太郎には敏子という専属の名編集者がいた。これは決定的でした。敏子がいなければ太郎はあんなにたくさんの書き物を残すことなど到底できなかった。

平野　そうですよね。

赤坂　羨ましいです。たとえば旅をするでしょ？　見たことをメモしていくわけじゃないですか。でも、だんだん面倒くさくなって、手が止まる。それを後で思い出そうとしてもぜんぜん覚えていない。ちょっとでもメモがあれば、なんとか再現できるのに……。ところが太郎の場合、そのとき思ったことやつぶやいたことがぜんぶあとで整理されて出てくる。そんなことが、世の中にあるわけ？（笑）

平野　ほんとにね（笑）。

赤坂　『沖縄文化論』（１９６１年）のときだって、沖縄にいたのはわずか10日間くらいでしょ？　あり得ないよね。

平野　いろんなテーマのいろんな話の断片を、サンタクロースのように袋いっぱいに背負った敏子が、うまくつないで「はい、これで１冊」「はい、これでもう１冊」っていう感じだったんだと思いますね。

赤坂　そうかもしれないな。ただ、ぼくが喋ったことを編集者がくっつけたり組みあわせたりしたものも、ぼくの語りであることに変わりはない。そこがポイントなんですよ。『沖縄文化論』でも、日本文化論の大きな枠組みなど、あきらかにフランス仕込みの人類学の知識、訓練から出てきた発想であって、敏子がつくったものじゃない。敏子はいわば、神さまの言葉を翻訳して、下々の者にわかりやすく提示する〝御言持(みこともち)〟みたいな存在だったんだと思いますね。

平野　そう思います。敏子の性格からいって、太郎が言ってもいない、考えてもいないことを独断で書くなんてことをやるはずがない。ただ、彼女は３６５日・24時間〝岡本太郎〟を浴びつづけていたから、順番を入れ替えたり、付け足したり、みたいなことは苦もなくできたはず。もしそうだったとしても、やはりそれはすべて太郎のものですもんね。

赤坂　そう。それともうひとつ。じつは太郎のパリ時代の記憶とか、いろいろなものを読み重ねてみても、ほとんどズレがないんです。ふつう記憶は生きものみたいに変わっていく。だからとうぜん揺らぎが生じる。でも太郎にはそれがないんですよ。

平野　そうか……。

赤坂　それは敏子があるとき太郎から聞いた話をそのままテクストにしたからじゃないかと思うんです。たとえば、10年後に太郎がおなじ話をしたときに「先生、それはちがうわよ」みたいなふうに、そこに戻って訂正していたんじゃないかと。歳をとっても記憶が揺らがないっていうのは、そういうことだと思いますね。

平野　敏子自身がアーカイヴだったと。

赤坂　そう。つねにそこに戻っているから、それがほんとうに正しいのかどうかっていうのは、もうひとつ考えなくちゃいけないと思いますね。たぶん敏子は、固定してしまった記憶を正史のようにして、いつもそこに立ち戻って書いている。だから一貫しているんですよ。ぼくはあまりにも一貫しすぎているっていう印象をもつ瞬間がありました。

平野　たしかに敏子が勘違いしているっていうこともあり得ますものね。もしそうだとしても、本人にはその自覚がないわけだから、そのままずーっといっちゃうってこともあるかもしれないな。

赤坂　そう。だから、これから若い研究者たちにそこをきちんと検証していって欲しいと思いますね。

世界と〝内臓レベル〟でぶつかった

平野　少し話を戻したいんですが、先ほどの「説明」と「表現」とおなじように、太郎には「啓蒙」と「前衛」という問題もありますよね。本来、啓蒙とは権力側が大衆を教導することであり、前衛の仕事はそれをひっくり返すこと。でも太郎はその両方を引き受けた。それこそが太郎の太郎たる所以だとぼくは考えているんです。

赤坂　『今日の芸術』（１９７９年）なんて、いま読むとあきらかに啓蒙書です。ああそうか、この時代にはまだアートってこういうふうにしか理解されていなかったんだ、っていうことがよくわかる。「芸術は、うまくあってはいけない。きれいであってはならない。ここちよくあってはならない」というマニフェストだって、いまの我々にとっては半ば常識みたいなものでしょう？　でも当時は、うまいとかきれいとかが芸術を評価する絶対的なものさしだったわけで、太郎はそれをぶち壊そうとした。もちろん『今日の芸術』もそのために書かれた。でもぼくは、そこではなくて、言葉や思想を抜きにしてはこれからのアートはつくれないんだ、っていうメッセージのほうに関心をもちましたね。

平野　ああ、なるほど。よくわかります。

赤坂　ただ、おそらく当時の人はそこにはまったく気がついていないと思います。言葉や思想がこれからの芸術を支えていくんだっていうことにまでは気がつかなかったし、そういう読み方もほとんどされていないと思う。

平野　いまの話でいうと、たとえば『今日の芸術』なんかはベストセラーになったし、若いころにあれを読んで衝撃を受けました、っていう人がたくさんいますよね。でも、だからといって、岡本太郎の思想や芸術観が広く日本に浸透し、多くの共感者を輩出しながら大きな勢力に育っていきました、みたいなことにはなってないじゃないですか。

赤坂　それはそうですね。

平野　そもそも太郎の言葉って、当時、理解されていたんだろうかって思うんですよ。たしかに本は売れたかもしれないけれど、風変わりなおもしろい読み物として消費されただけだったのかもしれない、と。

赤坂　大衆に受容されるっていうことは、ある水準で消費されていることだとは思います。じつは太郎の著作って、40年50年経って——ぼくは日本文化論の専門家ですが——その専門家が読んでも新しい発見がたくさんあるんですよ。ぼくが発見しているものを、おそらく当時の読者は気がついていない。40年か50年して、たまたまぼくが読んで、「えっ、なんだこれ」みたいな発見をする。そこが本物なんだなと思いますね。

平野　ああ、そうか。

赤坂　ようやく我々は太郎に追いついた。太郎の書いたものの意味を読み解くことができる場所に来たんです。たとえば、ぼくが好きな『神秘日本』のあとがきに書いてあることって、ローカルとグローバルの相克のなかで表現の最前線ってものが可能なのかっていう、いまの時代にこそアクチュアルなテーマですよ。もちろんグローバルなんていう言葉は使っていないけれど、語ろうとしていることはまさにそこ。やはり1930年代のパリで世界の最前線と遭遇していたことが決定的だった。

平野　要するに、情報量のちがい？

赤坂　いや、だって、おなじようにパリに留学していた日本人は何百人もいたわけでしょう？　だからたんなる情報量の

東北取材の合間に寛ぐ太郎と敏子。敏子は取材中であってもペンとノートをけっして離さない。こうして書き留められた言葉の断片がやがてひとつの文脈に編まれていった。

問題ではないと思いますね。やはり〝世界に触れちゃった〟っていうことが大きい。世界とまともにぶつかった。そういう形で世界に触れた芸術家、思想家、学者ってきわめて少数なんですよ。だからこそ太郎の孤独、孤立は深かったと思いますね。

平野　世界と〝内臓レベル〟でぶつかった体験をした者でないと理解できないところに太郎だけがいて、日本に戻ったらそういう人がいなかった、っていうことかな？

赤坂　うん。きっと異質な、隔絶した世界に見えたと思う。いま記念館に展示されている自画像なんか、まさにそういうね、なんか途方にくれたような……

平野　わかるー（笑）。

赤坂　でも、オレがやるしかないみたいな。そういう面構えだよね。

太郎は〝草野球〟をバカにしなかった

平野　太郎は戦後もパリに戻らなかったでしょう？　なぜだろうって思うんですよ。ぼくだったら絶対に戻る。だって、パリであれだけのキャリアを積んでいて、あれほどの人脈をもっていたわけだから、戻ればあるレベルの成功は保証されているようなものじゃないですか。だれだって「この〝資産〟をどうやって活かすか、増やすか」って考えますよね？　でも太郎は戻らなかった。それはなぜだったのかと。

赤坂　うん。

平野　もちろん、ひとつには太郎イズムがあったでしょう。「オレはパリを捨てた人間だ。戻る資格はない。それが生き方のスジだ」みたいなね。でも、それだけじゃどうも納得できない、っていうか、腑に落ちないんですよ。あまりに〝あり得ない〟選択だから。で、ぼくは、もしかしたらある種の使命感からきているんじゃないか、と考えているんです。

赤坂　なるほど。

平野　パリから戻ってみたら、日本の美術界はガラパゴス状態で、トンチンカンなことをやっていた。ところが、その状況をだれもおかしいと思っていない。これはなんとかしなければならない。日本に〝世界標準〟をもち込むのだ。でも、よく考えたら、それができる人間はオレしかいない。ワールドクラスの経験があるのはオレだけなんだから、みたいな感じで。要するに、草野球しか知らない国の人間が、ひとりメジャーリーグに渡り、レギュラーとして活躍した。ところが、帰ってきたらまだ草野球をやっていた。オレが教えなきゃだれが教えるんだ。そんな感覚だったんじゃないかと思うんですよ。

赤坂　そこで太郎が偉いと思うのは、けっしてバカにしなかったことですね。

平野　草野球をやってる人たちのことを？

赤坂　そう。ふつうはバカにするんですよ。学問だって思想の世界だってみんなそう。フランスで最前線の思想を体得したなんてことになれば、なんかもう自分が偉くなった気分になって、日本に帰ってきて、オレのこのすごい前衛思想の方法を使う場所がどこにもないじゃないかってバカにするんです。向こうから帰ってきた連中はさんざんそれをやってきたわけですよ。でも太郎はまったくそれをやらなかった。

平野　ああ。

赤坂　彼は『今日の芸術』のような啓蒙的な仕事を使命感をもって引き受けたんだとぼくも思います。いろんな人たちと交流しながら、自分が啓蒙的な役割を演じなくてはいけない、ってある時期までは思っていたと思いますよ。でも、あるとき「もう疲れた」ってなった。

平野　やはり大阪万博が契機になったと？

赤坂　いや、万博ではなく60年代に入ったころだと思いますね。二科会を脱退するとか、ああいうムラ社会のなかの、いまもつづいているようなしょうもない人間関係とか師弟関係とか、作品そのものとは関係ないところで蠢く、そういうことに対して。

平野　ああ、そうか。

赤坂　太郎は47〜48年から十数年、一生懸命やった。でも、もう疲れたというか、キレたというか……。それがその後の太郎の評価に影を落としていく。やはりムラを捨てた人間に対するムラからの視線っていうのは厳しいし、しかもメディアを握って言葉を操ることができる、そういう能力に対するジェラシーとかね、それは強烈ですよ。

平野　ああ、そうか。

赤坂　で、万博でしょ？　そこにたどり着いたとき、ある意味で終わったというところまで太郎は追い込まれていたと思いますね。だからぼくは、この本（『岡本太郎という思想』）では、終わったあたりから太郎はなにを考えていたのか、っていうことを追い詰めてみたかったんですよ。70年代以降の文化論的なものってほとんど読まれていないでしょう？『美の呪力』（1971年）とか『美の世界旅行』（1982年）とかね。

平野　売れなかったみたいですね。

赤坂　とりわけこの2冊の本とその周辺で書かれたもののなかで、太郎がなにを考え、なにをやろうとしたのかをぼくは知りたかったんですよ。たしかに大きく豊かに展開されているわけじゃありません。でもいたるところに芽がある、種が蒔かれているとぼくは思ったし、とてもおもしろかった。たとえばケルトなんてこの時代にはだれも言っていなかった。ケルトブームが起こるのはそれから10年、20年後のことです。じっさいアンドレ・マルローとの対談を読んでも、フランスの大知識人がまったくケルトに気がついていないんですよ。ケルトなんて古い昔のヨーロッパのはじっこのしょうもない文化だ、くらいに思っているわけです。完全にバカにしている。ところが、そのときすでに太郎はケルトを発見しているんです。これって、やっぱり異様ですよ。

平野　なるほど。

赤坂　太郎は、いわばユーラシア文明論みたいな広い視野をもって、日本の文化、韓国で見たもの、そういうものをひらいていこうとしていた。太郎は日本に閉じていくような文化論をまったく信じていなかったんです。だから泉靖一さんとの対談の冒頭で、「日本なんてただの符号に過ぎない。Aでいい、A列島でいいんだ」みたいなことを言うわけ。そこはやっぱり文化人類学者なんですよ。人類学の目で見ている。

平野　太郎の、太郎たる所以ですよね。

赤坂　万博に関わり、太陽の塔をつくり、ってことで、太郎はいわば国策の駒みたいに批判された。でも、そんななかで「進歩と調和」をつき崩すようなものを太陽の塔の胎内に埋め込んでいた。20年か30年経ってようやくそれに気がついて、太郎の仕事ってなんだったんだろう、といま我々は言っている。ぼくは70年代以降の仕事もこれから読み直されるべきだと思うし、それをきちんと読み解いておかないといけないと思う。

平野 はい。

赤坂 とりわけ《明日の神話》ですよ。あれはきわめて黙示録的な作品ですよね。いま我々は改めて放射能や原発の問題をつきつけられている。《明日の神話》で太郎はなにを描こうとしたのか、なにを考えていたのか……

泥を掘り進めれば世界に突き抜ける

平野 いま、太郎は閉じた日本論は信じていなかったし、そんなものに囚われてなかった、というお話がありました。これはぼくが勘違いしているのかもしれないけれど、岡本太郎という人は、けっきょくのところ、死ぬまで「日本とはなにか」「日本人とはなにか」を考えつづけた人だった、すなわち太郎のいう〝日本の泥〟――縄文や沖縄や東北が体現するもの――を探しつづけた人だったのだ、というふうにイメージしているんですけれど、それって、もしかしてちがってますか？

赤坂 『岡本太郎の見た日本』（２００７年）を書いたときには、ぼくもそういうイメージで太郎を見ていました。でも『岡本太郎という思想』を書いたときには、そうではないな、むしろ太郎は晩年に向かうにつれて、１９３０年代のパリの人類学的な地平に戻っていっているんじゃないかと思いましたね。だから、たとえば諏訪の御柱（おんばしら）について書いた文章（諏訪「御柱祭」）は１９８０年のもの。これ、すごくいいですよ。読んでいてゾクゾクしました。50年代後半から60年代前半に書いていた日本文化論の、あの緊張感がそのまま持続しているような文章なんです。万博以降、太郎は韓国、御柱からユーラシアへとぱーっとひらいていく。晩年はそういう文明論的に踏み出していったと思うし、それはとても正しいとぼくは考えています。

平野 なるほど。

赤坂 もちろん太郎は「日本という泥」をかぶることを引き受けたし、ほんとうに覚悟を決めて向きあったと思います。でも、それはけっして日本というローカリティに閉じろということではありません。ローカルなものをずっと掘っていく

敏子に"一本釣り"された思い出を嬉しそうに語る赤坂憲雄。残念ながら、ドゥマゴ文学賞を受賞した『岡本太郎の見た日本』を敏子が眼にすることはなかった。

ことによって、じつはもっと広やかな世界に突き抜けることができるんだ、っていうことを言っていたんだと思う。掘っている泥を見て「太郎って日本に呪縛されていたのかな?」って考えるのはまちがいですよ。「泥を掘っていけば絶対に広やかな世界につながる、だから、泥にまみれろ、泥から逃げるな」ということを一貫してメッセージしていたんだと思います。

平野 そうか。日本の泥にまみれるのは心地いいっていう話をしているわけじゃなくて、それが世界につながる唯一の道なんだっていうことですね。

赤坂 そう。フランスだって中国だってアメリカだって、みんなそれぞれの泥にまみれている。たまたま世界のセンターになっているからローカルではないって思い込んでいるけれど。じつは人類学はすべての文化を相対化して、ローカルなものに還元していくような思想的な構えがありますよね。ヨーロッパが生んだ人類学という武器を手にしていた太郎は、日本の泥を掘り起こし、その泥を相対化することで世界に出ていく回路を探し求めた。ヨーロッパの人間だっておなじようにそれぞれのローカルな泥をかぶって闘っているんだっていうことが見えていた。この意味で、太郎は人類学の方法をとてもまっとうに引き受けていたと思います。

テレビと戯れる壮大な実験

平野　大阪万博テーマ館の地下展示もまさに〝民族学の世界へようこそ〟みたいな感じですよね。なにしろ予算とスペースの大半を、生命の誕生から原始社会までの話に費やしているんだから。万博という技術自慢の場でこれは、はっきりいって異常です。万博160年の歴史のなかで、あんな展示は後にも先にもあれしかありません。

赤坂　そうだろうね。

平野　それを当時の日本人が理解できたのかといえば、おそらくまったく理解できなかった、とぼくは考えているんです。ところが、わかっていないのに太陽の塔はモンスター級のアイコンになり、太郎は茶の間のアイドルになっていく。「芸術は爆発だ！」が流行語になり、《顔のグラス》が大ヒットする。出演したコマーシャルがばんばん流れる。この状況をどう理解したらいいのかと。なんというか、けっきょく太郎と大衆の関係って、どうだったんでしょうね。ぼくはこどもだったからよくわからないんですよ。

赤坂　太郎と、知識人と、大衆。その三角形は時代ごとにどんどん変わっていったと思いますね。たとえば『今日の芸術』あたりの太郎は、とてもきれいな三角形のなかで大衆に働きかけることができたし、インテリやアーティストたちにも影響を与えることができた。でも、どこかでその三角形が歪んでいって……。太陽の塔のころに太郎が理解されていたとはぼくも思いません。でもアイドルになった。アイドルになったプロセスでテレビを使ったでしょう？　テレビと戯れた知識人や芸術家って、けっきょく消費されて潰れてきたんですよ。いろんな人がチャレンジして、失敗してきた。岡本太郎はその先駆者だったと思います。テレビという大衆メディアを太郎はバカにしていましたよね。まったく信じていなかった。それをあえて戯れる相手として選んだ。でもやっぱり失敗したんだと思います。知性的なものを全部切り捨てるような形で流れていった。で、おもしろがられながら消費されていった。

平野　まちがいなくそうですよね。

赤坂　美術史家の山下裕二さんとの対談だったかな、山下さんにそのことを問われて、「じゃあ、どうすればよかったの？」って敏子さんが問い返す場面があるんですよ。太陽の塔以降、大衆的にもインテリの世界からも、何重にも疎外され挫折していく。すごく有名になり、一見大衆のアイドルのようになっているけれど、どこに闘いのステージを求めたらいいのかわからない。それを探しあぐねていたんだとぼくは思いますね。

平野　もがいていたのかもしれませんね、どっちへ行ったらいいいか。

赤坂　太郎はつねに大衆的な状況にコミットしながらやってきたわけだけど、巨大化するテレビメディアに寄り添っていくなかで、やっぱり翻弄されたのかなと。結果論だとは思うけれど。

平野　でもきっと、やっているときにはわからなかったんでしょうね。

赤坂　わからないよ、だれも。

平野　ほとんどはじめてだったんじゃないかな、ああいうのって。

赤坂　たぶんね。テレビと戯れたはじめてのアーティストだと思う。それ以前にはいないと思います。

平野　そうですよね。……壮大な実験をしていたのかもしれないなあ。

赤坂　うん、実験だったとぼくも思うな。でもそれが幸せだったのか不幸だったのかっていうのは、ぼくにはわからないですね。身をもって実験をした、その渦中を生き抜いたということはたしかだけれど。

ピュアな若者に照準を定めて

平野　リアルタイムで大阪万博を知っている世代、つまりぼくから上の世代で太郎を知らない日本人はいません。名前を聞けばだれでも「岡本太郎？　ああ、知ってる知ってる」となる。岡本太郎→大阪万博→太陽の塔→芸術は爆発だ→眼をむくポーズ、とイメージが連鎖し、〝爆発オジサン〟というステレオタイプが頭に浮かんで安心するわけです。

赤坂　強烈だからね。

平野　問題は「ああ、知ってる知ってる」となった途端に脳みそのシャッターが下りちゃうこと。そこで思考が停止するから、それ以上先には進まない。だから太郎にアクセスしようというモチベーションが生まれない。作品を見るわけでもないし、本を読むわけでもない。知ってるつもりで終わっちゃうんですよ。ほんとうはなにも知らないのに。そこが他のアーティストとまるでちがうところで、これは手強いですよ。

赤坂　太郎さんが亡くなったときに敏子さんが背負い込んだテーマが、まさしくそれだった。どうしたらいいのか。この状況のなかで岡本太郎が忘れられていくことは絶対に許せない。復権のために自分はなにをなすべきかっていうね。まさにそれがテーマだったんでしょう?

平野　はい。

赤坂　じつは太郎は時代ごとにすごく移ろっていくし、多面的な顔をもっている。そのひとつひとつの顔を発見するためには、なにをするべきなのか。若者たちにはまず言葉から訴えかける。言葉の強さというところから引きずり込んで、偏見のない目で作品に向かいあうように仕向けていく。で、「日本文化論」でぼくが……一本釣りされる。

平野　(笑)

赤坂　もういろんなテーマでね、「あなたしかいないのよ」って。

平野　はいはい(笑)。

赤坂　それがもう、敏子の最後の闘いだったし、最後のテーマだったと思いますね。

平野　知ってるつもりになっている人たちばっかりのなかで、まずはなにも知らない世代に照準を定め、万博世代に「あなたたち、誤解してるわよ」という代わりに、ピュアな若者たちにエッセンスを打ち込んだ。それを最初の突破力にしようとした。そういうことかな。

赤坂　誤解を解くって大変だからね。分厚い先入観がつくられちゃってるわけだから。それをはがして、じつは……なんて言ったところで、無理だよね。そんなことやる前に、なんの偏見もない若者だなと。

平野　頭いいなあ。

赤坂　頭いいよ、そりゃ(笑)。一方で、なんの興味もないぼくのところに来て、「あなたのね、東北論、なかなかいいのよ。でもね、もっとはっきり言わなきゃダメよ」なんてね。いきなりこっちが油断しているところに来てね。

平野　興味がないってことは、逆にいえば偏見もないってことですもんね。すっと入っていくかもしれないわけだ。

赤坂　そう。けっきょく偏見もないんですよ。知らないんだもん。狙い撃ちですよ。

平野　やるなあ、敏子!(笑)

赤坂　やりますよ、敏子さんは(笑)。

(2011年7月22日)

「よく見られるだろう」と
意識して歌詞は書かないし、
そういう歌い方もしない。

N°02 YO HITOTO

一青窈（ひととよう）

東京都出身。歌手。台湾人の父と日本人の母の間に生まれ、幼少期を台北で過ごす。慶應義塾大学在学中、アカペラサークルでストリートライブなどを行う。２００２年「もらい泣き」でデビュー。翌年に日本レコード大賞最優秀新人賞受賞、ＮＨＫ紅白歌合戦初出場。04年「ハナミズキ」が大ヒットを記録。映画や音楽劇への出演、詩集などの著書の発表、他アーティストへの歌詞提供など、歌手の枠にとらわれず活動の幅を広げている。

平野　はじめて紅白歌合戦に出演したとき、窈さんは全面に《明日の神話》をあしらったドレスを着てくれた。岡本敏子と窈さんの共通の友人のアイデアでした。そんなつながりから、のちに《明日の神話》が発見され、日本にもち帰って修復するプロジェクトが動き出したときにも、「太郎の船団」という名の応援団に加わってくれた。最年少のメンバーでした。

一青　そうでしたね。

平野　再生プロジェクトの存在をはじめて世間にお披露目したのが2005年の6月。六本木ヒルズで大きな記者会見をやったんだけど、そのときも若い世代の代表としてスピーチをしてくれましたよね。

一青　敏子さんから「記者会見をやるから、あなた、ぜひ来てよ」って誘っていただいたんです。それなのに、会場に敏子さんがいらっしゃらなくて……

平野　《明日の神話》が日本に帰還することを発表するのを、敏子はすごく楽しみにしていたんです。「まだ話しちゃダメだよ」って言っていたのに、会う人みんなに嬉しそうにしゃべっちゃう（笑）。だけど会見本番の1ヶ月半前に急逝してしまって。

一青　びっくりされたでしょう？

平野　ちょうどメキシコからの輸送準備を終えて成田に戻ってきた日でした。スポットに向かう機内で呼び出されて、なんだろうと思ったら敏子の訃報だった。メキシコに出かけるときにはとびきりの笑顔で送り出してくれたのに。

一青　そうだったんですね。

平野　窈さんは敏子に会ってますよね。どんな印象でした？

一青　ほんとうに無邪気な可愛らしい方だなって思いました。二十代だったわたしが言うのもヘンですけど。

平野　（笑）会われたのは紅白に出る前？

一青　そうです。この衣裳で出させてくださいって。

平野　敏子、喜んだでしょ？

一青　はい。「これを着てくださるなんて、嬉しいわ」って、やさしい笑顔でそう言ってくださいました。

平野　そうでしょう。

一青　自分のことのように喜んでくださって。

平野　うん、目に浮かぶ（笑）。

一青　それがとても嬉しくて。これでいいんだって、自信をもつことができたっていうか。

平野　敏子はね、そうやって、いつも〝全力で〟喜ぶんですよ。

一青　え？

平野　たえず太郎のそばにいて、太郎がやることを嬉しそうに見ている。なにしろ岡本太郎の最大最強のファンですからね。で、太郎がなにか生み出すと、飛びあがって喜ぶんです。「わあ、すごい、先生！　ステキ！」「次はなにを見せてくださるの？」って。

一青　わたしも目に浮かびます（笑）。

平野　でしょ？　ポイントは、けっして褒めたりおだてたりしているわけではないということ。ただただ、無邪気に喜ぶ。

一青　たしかに見え透いたおべんちゃらを言われても虚しいだけですものね。

平野　喜ばすための心にもないセリフを聞かされたところで、太郎に響くわけがない。敏子はちがいました。彼女の行動には計算がなかったし、言葉にも嘘がなかった。

一青　はい。

平野　だから太郎は敏子を信じたんですよ。創作に賭ける太郎のモチベーションが死ぬまでドロップしなかったのは、まちがいなくそばに敏子がいたから。敏子の態度がそうさせたんだと思う。

一青　ステキ！

平野　いちばん近くにいるパートナーが、いつも「すごい！ステキ！」って無邪気に喜んでいる状況って、創造的な仕事をしている人間にとって、おそらく最上の環境ですよね。

一青　わかる！　こどものようにいつもワクワクしている敏子さんがそばにいてくれて、太郎さん、すごく幸せだったでしょうね。

平野　幸せだっただろうし、「よし、これでいいんだ！」って自信がもてたと思う。

一青　自分の分身みたいな存在だった？

平野　そう。

一青　自分だけでなく、さらにもうひとり、作品を喜んでくれる生身の人間がいてくれるっていうのは、自分が存在する意味を自己確認する強い味方ですよね。

平野　じっさい敏子って、顔もどんどん太郎に似てきたからね。

一青　そうなんですか？（笑）

平野　まさに「もうひとりの太郎」だった。そんなことを言うと、「バカなことを言うんじゃない！」って敏子は怒るだろうけど。

一青　（笑）

平野　「わたくしなんて、ただのアホウ。太郎さんに夢中でついていっただけ」っていつも言ってたからね。

一青　じっさいおふたりはいつも一緒だったんでしょう？

《明日の神話》再生プロジェクトをはじめてお披露目した記者会見。糸井重里、村上隆、ヤノベケンジ、山口小夜子らが駆けつけた。ステージ上の右端が一青窈。(2005年6月6日 六本木ヒルズ)

『芸術風土記』(『日本再発見――芸術風土記』1958年)の取材で日本全国を旅したときも、夢中で写真を撮る太郎さんの後ろを、メモを取りながら歩いていたって聞いたことがあります。

平野　そうですよ。太郎は自分でメモなんか取らないもん。なにか考えが浮かんだり感動したりすると、それが口から溢れ出る。それを一言たりとも聞き逃すまいと、敏子が必死にメモを取る。

一青　それが整理されて原稿や本になるんですね?

平野　旅だけじゃなくて、ふだんからそうでした。敏子が秘書になってからの太郎の本は、ほぼすべてが口述筆記だからね。

一青　へぇ。

平野　ちょうど『日本再発見――芸術風土記』と『神秘日本』(1999年)が復刊されたところなんです。これに『沖縄文化論』(1961年)を加えた3冊が、いわば岡本太郎の「日本文化論三部作」です。

一青　ぜひ読みたい!

平野　窈さん、きっとハマりますよ。

一青　太郎さんと敏子さんの共同作業の成果ですものね。

再生プロジェクトの応援団「太郎の船団」の最年少メンバーとして壇上でスピーチする一青窈。（同右）

基本は愛すること

平野　それにしても、あの紅白のドレス、ブッ飛んでたなあ。

一青　後にも先にもあんなに芸術的な衣裳、着たことないです。

平野　あれじゃ、着るほうにも覚悟が必要ですもんね。そこがカッコよかった。

一青　ありがとうございます。あのときは、なにか力をいただいているような気がしました。太郎さんいるから大丈夫、みたいな。はじめての紅白でしたから。

平野　あのとき歌ったのはデビュー曲の「もらい泣き」でしたよね？

一青　そうです。

平野　はじめて「もらい泣き」を聴いたときは衝撃だった。ガツンと食らったっていうか。

一青　ガツンと？（笑）

平野　それまで聴いたことのないサウンドだったから。まだ若いのに、この人はだれにも似ていない、自分だけの表現世界をもっているって、とても驚いた。まだ20代半ばだったんでしょう？

一青　26歳です。

平野　これほどまでのオリジナリティ、アイデンティティを、この人はどうやって獲得したんだろう？　ってすごく興味が湧いたんです。そのあとで知りあいになって……

一青　はい。

平野　出会ってからもずっと「この人のなかにはなにがあるんだろう？」って。

一青　（笑）

平野　カバーアルバム『ヒトトウタ』を聴いたときも、まず考えたのは、なぜ窈さんはオリジナルではなくあえて他者の曲をカバーしようと思ったんだろうっていうことでした。

一青　ハナミズキがアメリカから送られてきて100年という記念周年だったので、セルフカバーをやろうという話をいただいたのがきっかけでした。以前、歌謡曲のカバーはやったことがあるので、今回はポップなことをやりたいと思って。一巡りしてたどり着いたっていう感じです。

平野　ポップなこと？

一青　マニアックなことを書いたり、むずかしい言葉で歌詞を並べたりするのって高尚に見えるけれど、たくさんの人には届かない。ポップ性って、「なぜかわからないけどおもしろい」とか「人を感動させる力」が宿っているような気がして。

平野　うん。

一青　歌詞を書くときに日本語にこだわるとか、英語をなるべく使わないとか、台湾人とのハーフなので中国語にこだわるとか。わたしはそういうこだわりをもって10年以上ずっとやってきたので、ここでいわゆる名曲と言われているポップスのスタンダードナンバーっていうものに挑戦してみようと思ったんです。

平野　なるほど。

一青　ありがたいことに「一青窈が歌うと〝一青節〟になるよね」って言われるんですけど、今回はそれもあえて封じ込めて。もともとの歌い手の方が歌っている歌い方を忠実に再現するっていうコンセプトでやりました。

平野　それはなぜ？

一青　創作って模倣からはじまるわけでしょう？　その原点に立ち返ってみようと思ったんです。

平野　普通に考えれば、窈さんがもっている世界観を強く打ち出そうとするなら、カバーよりもオリジナルのほうが適しているわけじゃないですか。そのほうが合理的だし、効果的でしょ？

一青　そうですね。

平野　なのにあえてカバーにした。さらに「一青節」まで封印しようと。そこがすごくおもしろい。やってることが、だれもが考えることと逆だから。

一青　とくに意識したのは大滝詠一さんの「幸せな結末」です。わたしは洋楽よりは歌謡とか中国のC-POPSに傾倒していたので、わりと後のほうでこぶしを回すんですね。演歌もそうですけど、音を伸ばした後で回すんです。

平野　はい。

一青　でも大滝さんの〝ナイアガラサウンド〟のような洋楽的なサウンドは、前のほうでこぶしを回してリズムを出していくんですよね。歌ってみたら「なるほど！　ここで大滝さんみたいに歌うと、こんなに洋楽サウンドになるんだ！」って、いろんな発見がありました。

平野　自分の表現世界を広げるために新しい課題に挑戦したっていうこと？

一青　うーん……、というより、単純に「この歌はなんでこんなに人に愛されているんだろう？」っていうことを、自分の肉体をとおして知りたかったというほうが近いかな。

平野　ああ、なるほど。

一青　このアルバムのなかには、もちろん自分がすごく好きで選んだ歌もあるけれど、「これをぜひ一青窈に歌ってほしい」とスタッフに薦められた歌もあるんです。曲は知っていたけど、「ほんとうにわたしが歌うことに意味があるんだろうか？」みたいなところを考えさせられました。

平野 いまね、〝一青節〟を封印したって話があったけど……残念ながら……

一青 出ちゃってます？（笑）

平野 うん、しっかり出ちゃってる。完全なる「一青窈ワールド」です。

一青 （笑）

平野 アルバムを聴いて、ぼくはカルロス・サンタナを思い出した。

一青 サンタナ？　どういうこと？

平野 サンタナのギターって、5秒聴けば、「あ、サンタナだ！」ってわかるでしょ？　あの音をほかのギタリストとまちがうことはまずない。

一青 そうですね。

平野 あのサウンドは彼だけのもので、だれも真似できないからです。いわば独占企業で、ライバルもいなければ競合もない。

一青 はい。

平野 では、彼はおなじことを繰り返しているだけなのか、といえば、けっしてそうじゃありません。出自はラテンロックだけど、ジャズ、フュージョン、ブルース、フォーク……さまざまなジャンルと共演しています。それこそマイルス・デイビスからボブ・ディランまでね。

一青 ええ。

平野 でもね、なにをやっても、ぜんぶサンタナなんですよ。アウェーの音楽に溶け込んでいるのに、それでもやっぱりサンタナなんです。きちんと相手のフィールドで闘いながら、ギリギリのところで個性をキープしている。けっしてひとり浮いてるわけじゃない。窈さんにもおなじ匂いがするんですよ。

一青 そうですか？（笑）

平野 うん。それってどこから来るんだろう？

一青 やっぱり基本は愛することなんじゃないかと思います。じつはこのアルバムの制作をはじめる前によく聴いていたのが、トニーニョ・オルタっていうギタリストで歌手の方で……

平野 はいはい。

一青 アントニオ・カルロス・ジョビンをカバーしているアルバムがあるんですけど、それを聴いたときに、ここまで曲を愛せて消化できて自分のものとして出せたら、カバーアル

ステージ上の一青窈。
唯一無二の"一青節"が
聴衆を魅了する。

バムは成功だなって思って。そこに1ミリでも近づけたらいいなと思いながら、歌いました。

自分に嘘をつかないように

平野 繰り返し言っているように、窈さんには「一青窈の世界」があって、ほかのだれも真似できない自分だけの表現世界をもっている。それって創造力や創造性で勝負している人間にとって最強の状態ですよね。窈さんはそれをどうやって手に入れたのか。それが今日いちばんのテーマです。

一青 なんだろう？（笑）

平野 それを若い人たちに教えてあげたいんですよ。

一青 小学校のころに国語の授業で宮沢賢治とかヘルマン・ヘッセを読まされて、そのときに「ここの作者の意図はなんだったのでしょう？」みたいな問いがテストにかならず出るじゃないですか。

平野 うん。

一青 わたし、テスト用紙の裏まで書いても足りないくらい溢れてしょうがなかったんですよね。

平野 （笑）

一青 「この人はきっとこういう気持ちだったから次の行動に出たにちがいない」っていうようなことを考えるのが楽しくて。だから音楽でも「主人公はこのポイントで感動した――あるいは挫折した――から、そこで見た夕日を美しいと感じたのかな？」って。本を読むように歌を歌っている感覚っていうか。

平野 たとえて言うなら、その歌詞の世界がまるで映画を見ているように、映像的なイメージとして流れていく、みたいな感じ？

一青 流れて、自分が主人公になって感動しちゃう。

平野 あ、その映画のなかで自分が泣いてるんだ。

一青 そうです。

平野 なるほど。

一青 アルバム収録曲の「ジュリアン」なら、「すごく好きな人がいたんだ。でも叶わない恋だったんだ。鏡の前で好きな人の仕草を真似て『元気ですか？』ってつぶやいちゃうんだ……。わたしだったらつぶやかないな～」みたいな（笑）。

平野 それは自分の曲でも？

一青 自分の曲は他者に置き換えます。「わたしだったらこうするけれども、お母さんだったらどうするんだろう？」とか、「隣のエミちゃんだったらどうするだろう？」みたいに。いろんな人に置き換えて、より普遍的に解釈できる言葉を選んでいきます。そうすると、絵本のようにこどもでも理解できるオノマトペに変わっていったりとか、平たい言葉になっていきますね。

平野　自分でつくる曲とカバーではアプローチの段階からまるでちがうんだな。

一青　ちがいますね。カバーはやっぱり読み解く楽しさですよね。

平野　推理小説を読んでいくような感じ？

一青　そう。恋愛小説の主人公になったような……

平野　ああ。

一青　それで自分の思い出と紐づけて感動するポイントで「なんていい歌なんだろう」ってグッとくるというか（笑）。

平野　さっきも言ったけど、一青窈の歌はサンタナとおなじで5秒聴けばすぐわかる。

一青　そうですか？（笑）

平野　まちがえようがない。

一青　声で？

平野　うーん、たんに声だけじゃないと思うなあ。なんだろう？　ほかの歌手となにがちがうんだろう？

一青　でもそれって、鬱陶（うっとう）しいとも言えませんか？

平野　（笑）個性ってそういうものだからね。窈さんは歌うときに特別に意識していることってなにかあるんですか？　それとも自然にああなってるの？

一青　自然にやってます。自分に嘘をつかないように、と思いながら。

平野　わきあがってきた感情に正直に、っていうこと？

一青　ええかっこしいにならないように。「人からこう見られたら自分は得するだろう」とか「よく見られるだろう」っていうようなことは歌詞のなかでは絶対しないし、歌い方でもしないようにしています。

平野　太郎と敏子がよく使っていた言葉に「平気」っていうのがあるんですよ。敏子だと「太郎さんは平気でやったのよ」とか「あなた、もっと平気でやりなさいよ」とか。

一青　ええ。

平野　その意味は「気負いもしなければ遠慮もしない。媚びもしないし気遣いもしない」ということ。要するに小賢しい計算なんかするなっていうことなんですね。

一青　はい。

平野　人からどう見られるかとか、どんなふうに評価されるんだろうとか、そういうことはぜんぶケトバして、自分の価値観と美意識を信じて、それに正直にっていう。

一青　裸ん坊になるってことですね。

学生時代から太郎をリスペクトし、生前の敏子と親交を結んだ一青窈。自らの「創造の作法」についてざっくばらんに話してくれた。

平野　素っ裸で生きるってことです。

一青　「無邪気」でもないし「裸」でもなくて、「平気」なんですね。おもしろい。

平野　ふたりとも好きでよく使ってました。

スタジオで裸になるとしかいいようがない

平野　そういえば、人に詞を提供するときにね。

一青　はい。

平野　自分のなかにわきあがってきた情熱というか……創造的な欲望みたいなものはもちろんあると思うけど、一方では「こうしたほうが売れるかしら?」みたいなこともとうぜん考えるわけでしょ?

一青　「売れるかしら?」って考えながらつくったことは1回もないです。

平野　あっ、そうなんだ。

一青　ないです。だいいち売れるかどうかなんてわからないですしね。じっさい「これどうだろう?」「どうなの?」って思うものが評価されてるんです。「ハナミズキ」も「もらい泣き」も。

平野　へえ。

一青　「正直、わからない」みたいなものがいいって言われて。

平野　うん。

一青　逆に「こっちのほうがいいんじゃない？」っていうものは売れないことが多い。

平野　へえ、そうなんだ。

一青　そう。だからそのあたりのジャッジはもう投げてしまいます。

平野　「あとはそっちで考えてよ！」ってことですね。

一青　それと信頼してないです、自分の判断力を。

平野　（笑）てことは、わきあがってきたものを二日酔いで戻すみたいに吐き出すって感じ？

一青　出てきたものをノートに書き殴って。それを朝に清書したり、あるいは3年くらい寝かせたり。

平野　自分が書いた詞をだれかが歌うわけじゃないですか。

一青　はい。

平野　それがどう歌われるかっていうのは気になる？

一青　気になります。「なるほど。こういう解釈になるか」って発見することが多いですね。それは自分の曲がリリースされたときにも毎回、思うんですけど。

平野　書いた詞を、自分で歌うものと人に渡すものとにどうやって切り分けるの？

一青　まったく一緒ですね。書いた瞬間に産み落としたような感じなので、そんなに執着もないです。「返して！」みたいなのもないし。

平野　（笑）

一青　平野さんは、芸術に立ち向かったときに感動して震えて泣いた経験って何回もありますか？

平野　1回もないです。

一青　え!? ないんですか？

平野　泣いたことはないな。

一青　ほんとですか？　あるいは怒りでもいいんですけど。感情がざわめくみたいな。

平野　それならありますよ。たとえば最初に《ゲルニカ》を見たときは、しばらく動けなかった。

一青　わたしも！　あれはびっくりしますよね。

平野　衝撃でした。どこに感動したのか説明しろって言われてもできないけど。

一青　あれ、もはや好き嫌いじゃないですもんね。

平野　作品というより〝存在〟ですよ。強烈ななにかを放射しているっていうか。

一青　ラジオ波を出してるみたいな。

平野　そうそう（笑）。

一青　わたしは写真展に行って――キャパだったかな――戦場の写真を見ていて、おぞましすぎて気を失ったことがあります。

平野　あぁ。

一青　太郎さんの展示でも感動して泣いたりするし。

平野　それがアーティストの感性なんだと思うな。ぼくはプロデューサーでしょう？　もちろん直感で判断することも多いけど、基本は論理です。ものごとをロジカルに組み立てていくのがぼくの仕事。だからかもしれないな。

一青　客観性が求められる仕事ですものね。

平野　ぼくは窈さんみたいな「表現者」ではない。もっている感覚とか感性の質がちがうんでしょうね。だからぼくは、自分にないぶん、すぐれた表現者をものすごくリスペクトするし、泣ける人が羨ましい。

一青　別の才能なのかもしれませんね。素晴らしいプロデューサーに出会えるかどうかってすごく大きいことだと思います。絵を描く人、歌を歌う人がポツンポツンといるだけでは人には伝わらない。「こうしたらたくさんの人に届くんじゃないか」とか、「こういう方向にすればもっと親しみやすくなる」とかっていうようなことを助言してもらえるのは、とても大切なことだと思います。

平野　うん。

一青　わたし自身のことでいえば、「もらい泣き」のときに武部聡志さんや事務所の社長に出会えたことで〝一青窈の道〟ができた。わたしの人生における大切な宝です。

平野　もちろんプロデュースサイドだって、「こいつのここを引っ張りあげたらおもしろいことになるぞ」って思わなきゃ使いません。

一青　そうでしょうね。

平野　つまり、出会ったときにもっていたんですよ。窈さんのなかに特別なものがあったからそうなった。一言でいえば、すでに「決め技」をもっていた。

一青　そうなのかなあ（笑）。

平野　横綱の白鵬ってね、寄切りや押し出しを除くと、多くは上手投げで勝っているんです。上手投げが圧倒的な決め技なんですよ。

一青　へえ。

平野　つまり彼が土俵上でなにをしているかというと、いかにして相手を上手投げに引き込むかを考えているわけ。

一青　そうなんだ。

平野　「戦術」っていう言葉があるでしょう？　戦術って、一言でいえば、相手を自分の得意技に引き込むための術のことなんですね。窈さんはどうやってファンや周囲の人たちを自分の得意技に引き込んでいるのか、そこが知りたいんです。

一青　それはもうひたすらスタジオで裸になってるとしか言いようがないいかな。

平野　裸になってる？

一青　「この脱ぎ方はいかがなものかい？」って思いながら歌う。

平野　なんだそれ（笑）。

一青　「この肩見せはどうだ？」と。あるいは「スリットはどうだ？」と。いろいろと脱いでいって「これがいちばんステキな脱ぎ方じゃない？」っていうものを曲に対して決め込んでいくってことですね。

平野　てことは、窈さんの声とかこぶしとか表現力とか、独特の個性のベースになっているものは計算じゃなくて、生まれながらに身についているもの？

一青　すごくナチュラルにやってます。

平野　ああ、そうなんだ。

一青　人によってはレコーディングの過程でいろいろな歌い方を出して、プロデューサーと一緒に決めていく人もいますけど、わたしはあまり見られたくない。「鶴の恩返し」みたいなもので。

平野　おお！（爆笑）

一青　「ちょっと待ってて」って言って、家であれこれ歌い試していってレコーディングに臨みます。

平野　アーティストが1枚の絵を描くときにエスキースを何枚も描くじゃない？　そんな感じなのかな？

一青　わたしは理系だったので、わりとマッピングはしているかもしれないです。

平野　マッピング??

一青　X軸とY軸があって、ここら辺が中森明菜さんぽい、これが椎名林檎さんぽい、これがＭＩＳＩＡさんぽい、エリカ・バドゥぽい、アレサ、ホイットニー……、あるいはビル・エヴァンス。いろいろある合間はどこなんだろう？　っていつも考えてました。

平野　超ロジカルじゃないか！

一青　ここでこんな感じの歌い方をして「やっぱドリカム好きだよね」みたいにならないように、一青窈ならどうするんだ？　ってマッピングの間を泳いでいくように歌詞を書き、歌っていくと「なるほど。だれでもない」と。

平野　それは意識してやってること？

一青　意識してやってます。っていうか、意識してました。大学生のころですね。

平野　そういうトレーニングを大学時代に積んでいたから、いま無意識のうちに……

一青　はい。

平野　ああ、なるほど。

一青　サブカルを叩き込んでくれたのが福田和也先生とその研究会に集まっていたメンバーたちでした。「こんな音楽もある」「こんな映画もある」「こんな変わった人たちが世の中にいる」っていうのを教えてもらったんです。わたしが知っている世界はすごく狭かったんだなと思って。そこでわたしははじめてカルチャーみたいなものに興味をもったんです。

平野　なんか、いま、わかった。

一青　え？（笑）

平野　一青窈をつくったのは、大学時代の超ロジカルなマッピング思考と福田さんから注入された文化的教養であり、素っ裸になれば意識せずとも一青窈ってことだ。

一青　大学時代に自分の歌の立ち位置みたいなものを模索したあと、一人旅に取り憑かれたんですね。

平野　うん。

一青　とにかく書いてある事柄よりも自分の感覚を信用しようと決めて、たくさんの国に行って、たくさんの人に出会って。中学のころに《ゲルニカ》に会って感じた感覚みたいなものをもっとたくさん貯蓄しようと思ったんです。

平野　はい。

一青　そのためにはひとりじゃなきゃダメだっていうのがあって。だれかと共有するとやっぱり感覚が濁るっていうか。

平野　わかる。

一青　「キリング・フィールド」っていう映画を見て、それがカンボジアの大量虐殺だって勉強しても、ほんとうに自分がその場所に行ったらちがう感情がわきあがってくる。

平野　そうだろうね。

一青　そのときにわたしだったらどうするか？　それを獲得するための旅だったんです。そこで得た感覚を歌詞に落とし込んでいったり。

平野　それって。

一青　はい。

平野　旅っていうより……取材だよ。

一青　（爆笑）

（2015年7月23日）

歴史をふまえつつ、未来を切りひらいていった。それが大阪万博をつくった人たちだった。

Nº03 TARO IGARASHI

五十嵐太郎（いがらしたろう）

1967年生まれ。建築史家・建築批評家。1992年、東京大学大学院修士課程修了。工学博士。現在、東北大学大学院教授。あいちトリエンナーレ2013芸術監督、第11回ヴェネチア・ビエンナーレ国際建築展日本館コミッショナーを務める。「インポッシブル・アーキテクチャー」「窓展　窓をめぐるアートと建築の旅」などの展覧会を監修。第64回芸術選奨文部科学大臣新人賞、2018年日本建築学会教育賞（教育貢献）を受賞。『建築の東京』（みすず書房）、『モダニズム崩壊後の建築ー1968年以降の転回と思想ー』（青土社）ほか著書多数。

平野　太郎もかかわった大阪万博についてお聞きする前にまず確認したいのは、ヨーロッパは二千年の間に建築様式を次々と生み出し、洗練させてきた。しかし19世紀になると、新たな様式の開発ではなく、過去の様式をどうやってうまく使っていくか、という時代になった。

五十嵐　そのとおりです。

平野　いっぽう日本はずっと木造建築をやってきて、せいぜい大陸から渡来した様式があったくらいで、建築文化のうえでは鎖国状態に近かった。ところが明治になって開国し、西洋の建築様式が入ってきて……

五十嵐　それに憧れ、おなじようなものをつくってみたいと思ったけれど、日本の建築は石やレンガの材料を使った経験がなかったし、古典主義やゴシックなどの様式についても体系的な情報がなかったわけですね。

平野　なので、真似ごとくらいはできたけれど、追いつくのはハナから無理だった。たとえて言うなら、日本がマラソンを走りはじめたとき、ヨーロッパはすでに30キロ地点にいて追いつきようがなかったと。

五十嵐　だけどモダニズム建築は鉄、ガラス、コンクリートなどの新しい材料だから、多少の技術差はあったけれども、様式建築に比べれば背中が見えるくらいの距離でした。

平野　だから日本は必死になって勉強して追いつこうとした。しかし、反動的な〝和風建築バンザイ〟みたいな風潮が出てきたり、戦争になったりして、追いつく機会が失われたのが戦前の建築状況だった。それが戦争でリセットされた。そういうことですね？

五十嵐　そうです。

平野　ここからいよいよ大阪万博の話になるわけだけど、以前、ぼくが『大阪万博――20世紀が夢見た21世紀』（小学館２０１４年）という本をつくったとき、「大阪万博の建築群～モダニズムからポストモダンへ」というテキストを寄稿してくれたでしょ？

五十嵐　そうでしたね。

平野　そこに「明治以降、日本は西洋の建築を学習し、その吸収と普及に努めていたが、気がついたら追い越していたのが１９６０年代である」と書いてある。大阪万博で若きメタボリズム建築家たちが大活躍する背景としてね。

五十嵐　はい。

平野　さらっと書いてあるけど、これって、もしかしたら日本の建築にとって有史以来最大の出来事なのかもしれない。それくらい画期的なことだと思うんですよ。しかも大阪万博は１９７０年だから、戦後25年しか経っていない。その間に日本の建築が急激に進んでいったわけでしょう？　「気がついたら追い越していた」というところまで。なんでそんなことが可能だったんだろう？

五十嵐　まず戦争で多くの建物が破壊されたので、単純に大量の建築をつくる必要があった。また人口も急増し、戦後の「持ち家政策」ともあいまって、若い建築家を育てる機会になったわけです。それと、あまり言われていないけど、万博に関わった世代よりも少し上の人たちの多くが戦争で亡くなった、ということもあるでしょう。

平野　だから若い世代に多くのチャンスが巡ってきたわけですね。

五十嵐　そういったいくつかの要因が重なって、若い建築家がラディカルなデザインによる実作の機会に恵まれた。最近、解体されてしまったのですが、これを見てください。

平野　なんですか、これ？

五十嵐　大阪万博で「エキスポタワー」を担当した菊竹清訓が設計した「都城（みやこのじょう）市民会館」(→Ｐ０５３)です。

平野　ヘンな建物だなあ。

五十嵐　笑っちゃうような怪獣建築だけど、これの保存運動が10年くらい前にあって。こういう建築が60年代にさかんに建てられていたわけです。

平野　あ、これは１９６６年の建物だ。菊竹さんは１９２８年生まれだから、30代の作品ですね。

五十嵐　当時、保存運動に接して、「この建物を残す意義はどこにあるんだろう？」と考えたわけです。60年代に彼のようなメタボリズム建築家が実現したデザインは、日本が世界と並んだ、あるいは追い越したタイミングの作品だと思ったんですよ。だから日本にとって、この建物は、エッフェル塔の模倣に見える東京タワーなんかよりも重要なんだと。

平野　この「都城市民会館」は１９６６年の竣工だから、大阪万博の準備が本格的にはじまるほんの少し前。ちょうどそのころに、日本では30代の若い建築家に前衛的な建物をじっさいにつくらせていたわけですね。考えてみたら、それってすごいことだな。

五十嵐　ヨーロッパでは、すぐにはつくれないけど、一度建てるとメンテナンスしながら、建築を大事に使いつづけようとするでしょう？　とくに旧市街地では景観を守るためもあって、建物のスクラップ&ビルドは簡単にはできない。だから、イギリスやフランスなどの建築家には新築のチャンスがそこまでまわってこないんですね。60年代の前衛でいえば、「アーキグラム」や「スーパースタジオ」のようなアンビルド系(＝じっさいに建てられることを想定しない非現実的な構想案を提案する建築家グループ）のほうが多かったくらいで。

平野　なるほど。この時代、ヨーロッパの若い建築家たちには実作の機会がほとんどなかったわけだ。

五十嵐　ところが、1970年の大阪万博では大きな仕事がことごとく30代の若手建築家にまわり、多くの斬新な建築が出現したわけです。

平野　いくつかの要因が重なって30代の建築家にチャンスが巡ってきた、というのはそのとおりだと思います。ただね、彼らが建築を学んでいた時点では、日本はまだ西洋建築のフォロワーだったわけでしょう？　それなのに、60年代半ばになると、とつぜん世界をも凌駕するようなアイデアやアクションが出てきた。いったいなにがあったんだろう？

五十嵐　ひとつは東大の丹下健三研究室の存在が大きかったと思います。それと日本の建築教育の仕組みも関係しているような気がしますね。狙ってやったわけじゃないと思うけど、日本の場合、建築をデザインする人と構造をつくる人が喧嘩しない。じっさいおなじ釜の飯を食っていますしね。

平野　たしかに日本の大学では、建築学科に入った後に、意匠系に進むか構造系に進むかを選択するわけで、言ってみればたまたま選んだ研究室がちがった、っていうだけですもんね。

五十嵐　欧米だと、デザインとエンジニアリングは最初からちがう世界の住人であって、教育方法もぜんぜんちがうんです。ところが日本の場合は、西洋建築が入ってきたのが富国強兵の時代だったので、建築はエンジニアリングのほうの所属となった。建築学科って工学部にありますよね？　だから、いま話があったように、4年生で研究室が分かれるまで一緒に勉強して、さらにまた社会に出ても一緒に仕事をしてというふうに、デザインとエンジニアリングのコラボレーションがきわめてスムーズで、良好な関係にある。前衛的な意匠と大胆な構造が融合したデザインが登場しやすい。

平野　なるほど。丹下さんと構造家の坪井（善勝）さんの関係なんて、まさにその典型ですもんね。

五十嵐　それと、メタボリズム界隈の人はだいたい丹下健三研究室にいたわけですけど……系譜がはっきりとつながっている。これって世界でも稀なんですよ。

平野　系譜？

五十嵐　師匠はこの人で、弟子がこの人ってつなげていくと、何代にもわたって系譜図が書けるでしょ？　じっさいぼくは日本の建築家の系譜図を自分の本に掲載したことがあるんですけどね。

平野　そうか。丹下健三から磯崎新……

五十嵐　磯崎アトリエから青木淳や六角鬼丈、そして青木事務所から乾久美子や永山祐子のように、師弟関係から、有名な建築家を輩出している。菊竹さんから伊東豊雄、妹島和世、石上純也も直系です。でもこうした現象はなぜか、海外ではあまりないんです。

平野　つまり研究室制度や事務所の師弟関係のメカニズムが、若い才能が伸びていくためのバックアップ機能を果たしていたと。

五十嵐　そして、たとえば丹下研究室による有名な「東京計画1960」でいえば、交通システムは黒川紀章、オフィスは磯崎新といったように割り振りされて、それぞれの個性を統合するような形でプロジェクトが編成されていたのも大きいですね。

平野　戦後日本の建築が急にステップアップしたベースにあるのは、丹下健三研究室の存在がある。丹下研には日本の若い才能が集まり、切磋琢磨していた。丹下は彼らに巨大プロジェクトの模擬体験や、ときには実作の仕事を与えた。それらをとおして、意匠や構造をはじめあらゆるジャンルの人材が一体となって、新たな発想をベースにしたプロジェクトを進め、かつそれに夢物語ではないリアリティを与えていった。最初から〝アンビルド〟と諦めるのではなく、実現させることを前提にした理念や思想を研ぎ澄ませていった。

五十嵐　そう言えると思います。

平野　60年代に彼らが唱えた「メタボリズム」という建築思想は、建築史上、日本が一度だけ世界をリードした瞬間だったと思うんです。その一派は丹下研と大きくオーバーラップしていて、大阪万博の世界観をつくるのに決定的な役割を果たしたわけですね。

五十嵐　はい。

平野　ところで、肝心の「メタボリズム」を若い人たちにどうやって説明しましょうか？

五十嵐　あ、そうか……（笑）。「メタボリズム」は、生物学の新陳代謝からきている言葉なので、「取り替え」かな？　古い部分を新しく取り替えるイメージです。一言でいえば、更新可能な建築。

平野　それは当時の日本の発明？　それともそういった考え方自体は海外にもあった？

五十嵐　正確にいえば、建築を一度完成したら不変と考えるのではなく、ダイナミックに変化していくものととらえる発想は、同世代の海外の建築家も共有していました。建築とは固くて、動かなくて、変化しないもの、という常識を反転させるビジョンです。

平野　それにしても、なぜ日本のメタボリズムだけに光が当たったんだろう?

五十嵐　やっぱり「メタボリズム」っていう言葉がキャッチーだったことが大きいんじゃないかな。いまなお日本発のもっとも有名な建築論です。もちろん実作も重要でしたが。

平野　たしかにそれは大きかっただろうな。日本だけが考えていたわけじゃなかったにもかかわらず、インパクトのある言葉で新しい概念をくくってみせたわけだ。

五十嵐　しかもタイミングがよかったんですよ。CIAM(近代建築国際会議)が崩壊した直後に開かれた「世界デザイン会議1960」で打ち出したんです。

平野　CIAMって、どういうものだったんです?

五十嵐　20世紀のモダニズム建築に大きな足跡を残したグロピウス、ミース・ファン・デル・ローエ、ル・コルビュジエらが参加していたんですけど、モダニズムが出てすぐの1920年代に彼らは国際コンペで連敗していた。それをまずいと思って国際的な組織、CIAMをつくったんですね。そして約30年間は、CIAMはモダニズムの指針を示す役割を果たしていた。たとえば「近代建築の次のテーマは最小限化だ」みたいなことです。

平野　なるほど。

五十嵐　そのCIAMが崩壊したことで、世界の建築思潮はどこに向かうんだろうとみなが思っていたんです。ちょうどそのタイミングで「世界デザイン会議1960」があって、そこを狙うような形でメタボリズムが出てきた。タイミングもお膳立てもちょうどよかったわけで、それが大きかったんじゃないかと思いますね。

都市からの撤退

平野　メタボリズムもそうだけど、当時の建築家は「未来」が最大のテーマだと考えていたわけですよね。未来の人間生活のありようを提案するのが建築家の仕事だと考えていたし、じっさい皆が競うように「未来の建築」を提案していた。

五十嵐　はい。

平野　大阪万博のころの建築家の発言をみると、出てくるのは「国家」「世界」「人間」といったスケールの大きい概念的なワードです。ところが、いまそんなワードを振り回す建築家はほとんどいなくて、出てくるのは「素材の質感」や「柔らかく差し込む光」みたいな話ばかりになっちゃった。

五十嵐　そうですね(笑)。

平野　きょうの本題からは外れるかもしれないけど、なんでそうなっちゃったんだろう？　万博当時は社会の仕組みや構造に建築家の興味があったし、建築をとおしてそれを変えるんだ、という強い意志があった。建築を学ぶ学生たちも、そういうスケールで発言し仕事をしている建築家に憧れた。じっさいぼくのアイドルは磯崎さんでした。でもいまや、学生たちがリスペクトしているのは、狭い住宅に収納をたくさんつくれる「匠」らしい。「まあ、なんということでしょう。こんなところにも収納が！」っていうアレです。

五十嵐（笑）

平野　建築家たちのモチベーションはどこに行っちゃったんだろう？

五十嵐　万博前、60年代のオリンピック直前の東京って、リアルに大改造していたから、目の前で物理的に東京が変わっていったわけで、都市が変わることが信じられたんだと思うんです。いまの東京はマイナーチェンジしかないですが。

平野　新幹線が走り出し、首都高ができてクルマが空中を走るようになった。ぼくは新幹線の試運転に乗せてもらったんだけど、そのときの感激はいまでもはっきり覚えています。未来ってすごい！　と、未来に憧れたし、未来という言葉を聞くとワクワクしましたからね。

五十嵐　都市の姿が目の前でどんどん変わっていったわけで、じっさいそれを目にしたら、これからももっともっと変えられると信じられたんじゃないかな。当時の気分を想像するとそんな気がしますね。

平野　あ、そうか。なるほど。そういう意味でいえば、近年は都市の姿がドラスティックに変わるっていうことがないものね。ネット社会になったとか、携帯電話が普及したみたいに、形のないレイヤーで変化しているだけで。

五十嵐　あともうひとつ大きいのが、60年代までは、建築家がいろいろな夢を見ることができたということです。たとえば都市計画や高層ビルのプロジェクトに参加できるかもしれないとか、モダニズムの文脈で工業化住宅にも参入できるかもしれない、みたいに、多くのフィールドに活躍の可能性がひらけていた。あの時代はまだハウスメーカーもちゃんと登場していなかったですからね。

平野　そうね。

五十嵐　ところが70年代になると、大きな再開発や高層ビルなどのプロジェクトはディベロッパーやゼネコンが主役になり、ハウスメーカーが本格的に始動した結果、ショートケーキ住宅のほうが売れるから、建築家はいらないみたいな話になって、外されてしまうんです。

平野　60年代はまだ外される前だから、建築家も「〝未来都市〟はオレたちのフィールドだ」と信じられたけれど、じっさいそれが動き出してみたら、けっきょくはディベロッパー、ゼネコン、ハウスメーカーみたいなところにお株を奪われて……

五十嵐 磯崎さんはそれを「都市からの撤退」と言いましたけど、70年代に可能性が1回しぼんでしまったわけですね。もちろん景気が悪くなったっていうのもあるけど。

平野 建築デザインだけで言うと、バブルくらいのころまでは、東京は世界的に、他のところにはないエキサイティングな状態が起きていましたよね。

五十嵐 そうですね。不景気を過ぎた後のバブル期の東京って、じつはすごく先端的で、いま世界で起きているのは、あの拡大反復だともいえる。世界中からスター建築家を集めてアイコン建築をつくったり。ただ、バブルが崩壊したあと、すべて悪いみたいになっちゃって……ポストモダンなどすべてがね。阪神・淡路大震災が起きたり、災害があったりもして、とにかく目立つことをやるのはモラル的にもダメだみたいな空気が醸成されて。その気分がいまにつづいている感じがしますね。

平野 すごくよくわかる。若い子たちと話していて感じるのは、〝スプーン一杯の幸せ〟的な、身近な小さいことにしか興味がない。

五十嵐 1月にニューヨークに行ったんですけど、新たに再開発されたハドソンヤードの名物になっている「ヴェッセル(Vessel)」ってあるでしょう？ アレってバカみたいなものじゃないですか。だって昇って降りるだけなんだから。

平野 そうね(笑)。ぼくも去年の11月に見たけど、なにかの冗談だと思ったもん。

五十嵐 昇って降りるだけの、機能をもたない建築。あの高さだと、展望台としても微妙です。でも実際は人がたくさん来ていました。いまの日本であれはつくれないですね。

平野 9・11跡地の「ワールドトレードセンター」の駅舎「オキュラス(Oculus)」もそんな感じありますね。

五十嵐 この10年でニューヨークはどんどん新しい名所をつくっていて………。おなじ10年で東京はなにをやっているんだろうって思いますね。再開発が進む渋谷もそんなにワクワクする感じじゃないし。むしろ上海のほうがすごいなって感じがしちゃう。

平野 でも不思議だなあ。〝スプーン一杯の幸せ〟を指向する学生たちを教えているのは、「未来の建築」を提案していた世代でしょ？

五十嵐 学生は学生で社会の雰囲気を読んでるんだと思います

(上段左)メタボリズムの旗手・菊竹清訓が30代で手掛けた「都城市民会館」。(撮影：外山圭一郎)

(上段右)大屋根と太陽の塔が対峙する大阪万博シンボルゾーン。

(中段左)NY・WTCの駅舎「Oculus」。

(中段右)再開発が進むNYハドソンヤードの名物「Vessel」。

(下段)「種子大聖堂」と呼ばれた2010年上海万博英国館。(撮影：Cory M.Grenier)

ね。なにしろ目立つことをやって叩かれて、酷い目に遭っているから人をいろいろ見てきているから。衝撃だったのが、5年くらい前の仙台所在の大学の卒業設計日本一でファイナリストに入った作品。なんと青森の「おばあちゃんの家のリノベーション」なんですよ。

平野 うわぁ、そこまで！（笑）

五十嵐 それはそれでちゃんと実測をして細かい設計がなされて、悪くはないんだけど、卒業設計ってもうちょっとでかいテーマで挑むのがぼくら世代の感覚でしょ？　いや、もうびっくりして。

平野 そりゃそうだ。

五十嵐 そういう意味でも、ザハ・ハディドの新国立競技場をキャンセルしたのは、あとから禍根を残すくらい日本の建築界に効いてくるような気がするんですよ。

建築は「複製できない体験」

平野 先ほど紹介したテキスト「大阪万博の建築群」のなかで、五十嵐さんは「1960年代は、建築の延長として都市計画を構想できることが信じられた時代でもある。《東京計画1960》は実現しなかったが、大阪万博では、会場計画の名目のもと、都市スケールでのデザインを遂行したのだ」と書かれてますね。

五十嵐 ここで言っている〝建築の延長〟って、要するにメガストラクチャー（＝高層建築やインフラストラクチャーなどが一体化した巨大構造物）のこと。建築を拡大していけば都市になる、という単純な発想です。建築が巨大化していって、それが連結することで都市になるっていう。

平野 「東京計画1960」なんか、まさにそうですよね。

五十嵐 典型的なのは、先ほども話に出た「スーパースタジオ」が当時提案した世界を覆う「コンティニュアス・モニュメント」、つまりスーパーストラクチャーのグリッドです。これは、いわゆる都市計画とあきらかにちがっていて、まさしく建築の延長ですからね。彼らは家具から建築、そして都市のデザインまで、おなじように捉えていた。

平野 大阪万博の「大屋根」もその文脈ですよね。スペースフレームという構造システムを使った「空中都市」のプロトタイプなわけだから。ただし、「スーパーストラクチャー」と決定的にちがうのは、「スーパーストラクチャー」が机上だけのイマジナリープランだったのに対して、「大屋根」はリアルに建築されたということ。

五十嵐 そうですね。

平野　大阪万博のひとつ前、67年モントリオール万博から、万博を未来都市のメタファーで考えるようになったとぼくは見ているんだけど、大阪ではついに未来都市の一ジャンルである「空中都市」の雛形が出現した。

五十嵐　じっさい丹下さんは「万博会場は実験的な都市だ」と言ってますからね。

平野　だけど、良い悪いは別にして、いまの万博にはそういうスケールの発想がない。漠然とした言い方になるけれど、専門家として建築や都市とかかわってきた五十嵐さんから見たときに、現在の万博ってどんなふうに見えてます？

五十嵐　ナノテク、遺伝子、コンピューターなど、現代の先端技術が視覚化しづらいってことはあると思います。大阪万博のときは、視覚的にも技術の表現がしやすかった。

平野　万博は建築技術のショーケースの役割を果たしてきたわけだけど、これからどういう存在になっていくんだろう。建築になにかできることはあるのかな？　未来はないのかな。

五十嵐　いや、ぼくはかならずしもそうは思いません。音楽業界ではたしかにCDは売れなくなったけど、代わってライブが活性化している。それってやっぱりライブが〝複製できない体験〟だからなんですね。そう考えると、建築こそが、じつは複製できない空間体験をつくっているはずなので、建築にはまだまだ大きな意味や価値があるんじゃないか。建築とライブは似たようなものなので、そこに建築の力があるはずなんです。さっき言ったハドソンヤードの「ヴェッセル」だって、じっさいに行ってみて体験しないとわからない。あんなバカみたいな建築だけど、いや、そうであるからこそ、そうした体験は複製できない。現時点ではまだ建築には力があると思っています。

平野　たしかに！　上海万博のイギリス館※（→P053）なんて、おもしろかったもんなあ。そういうことですよね？

五十嵐　そうです。

平野　ああいうことだと思うんですよね、いま建築が万博に貢献し得るのは。そういうふうに考える限りにおいては、まだやれることは残っているのかもしれないな。

五十嵐　そう思います。

平野　最後に、これを読んでくれている、クリエイティブに生きたいと思っている若者たちに一言もらえます？

五十嵐　うーん、むずかしいけれど……、そう、個人的には歴史を学んで欲しいですね。つくるものは思いっきり未来的なものをつくって欲しいけど、そのためにもぜひ歴史の視点をもって欲しい。いま建築のデザインをやっている若い人って、歴史に興味がなくなっているような気がするんですよ。

建築史・建築批評の傍で「ヴェネチア・ビエンナーレ日本館」コミッショナーや「あいちトリエンナーレ」(2013年)芸術監督などを務める五十嵐太郎。建築と芸術をシームレスに行き来する。

平野　なるほど。

五十嵐　メタボリズムの人たちは、50年代にさまざまな伝統論争を重ねて、歴史と自分の関係や立場みたいなことをとことん考えたんです。自分の立ち位置を考えるために、歴史を考えつつ未来を切りひらいていった。それが大阪万博をつくった60年代の人たちだった。

平野　歴史を勉強することで、あるいは歴史に光を当てることで、自分の建築思想を組み立てていったんでしょうね。

五十嵐　オリンピック競技場ひとつとっても、64年のときは、50年代の伝統論争などが散々あって、丹下さんも「日本的なものとは」みたいな議論を散々やって、代々木体育館のデザインにつながっていった。対して今回はあまりそういった議論がなくて、「木を使っているから日本的」みたいな話で終わっている。歴史への思考が深くないんです。50年前のほうが、歴史のことも考えていたし、だからこそ出てくる考えも未来的だった。そこは気になりますね。

※「上海万博イギリス館」
トーマス・ヘザウィックが設計した。長さ7・5mにおよぶ6万本のアクリルの棒が内外を貫き、たんぽぽのような、あるいはタワシのようなぼやけた輪郭をもつ。アクリルの端部には種子が埋め込んである。全体としてはノアの方舟のごときイメージで、「種子大聖堂」と呼ばれた。

(2020年2月24日)

未来信仰は大阪万博を頂点として崩れ去った。

N°04 KAICHIRO MORIKAWA

森川嘉一郎（もりかわかいちろう）

１９７１年生まれ。建築学者。早稲田大学大学院修了（建築学）。２００４年ヴェネチア・ビエンナーレ第９回国際建築展日本館コミッショナーとして「おたく：人格＝空間＝都市」展を製作（日本ＳＦ大会星雲賞受賞）。桑沢デザイン研究所特別任用教授などを経て、２００８年より明治大学国際日本学部准教授。明治大学において「東京国際マンガミュージアム」（仮称）の開設準備、および米沢嘉博記念図書館の運営にかかわる。著書に『趣都の誕生　萌える都市アキハバラ』（幻冬舎、２００３年）など。

平野　最初に森川さんに会ったのは、たしか２００３年。翌年のヴェネチア・ビエンナーレ国際建築展で日本館のコミッショナーに就いていた森川さんが、「タイムスリップグリコで太陽の塔をつくりたい」と相談にみえた。

森川　その節はお世話になりました。

平野　こちらこそ。で、そのとき森川さんが打ち出したテーマが「おたく：人格＝空間＝都市」という画期的なもの。残念ながらヴェネチアには行けなかったけど、２００５年に恵比寿で開催された凱旋再現展示を見ることができて、大きな刺激を受けました。展示はぼくの本業でホームグラウンドだから、たいていのことには驚かないんだけど、あれには驚いた。視座、コンセプト、素材、演出のすべてにおいて過去に例のないものだったからです。じつに独創的だった。

森川　ありがとうございます。

平野　「おたく展」では、秋葉原の都市構造の変質がクローズアップされていたけれど、そもそもなぜ秋葉原だったんです？

森川　当時、「街としての秋葉原がどのようにして変わったのか」という調査をしていたんです。80年代に「都市論」っていうのが流行したことがあって……

平野　「渋谷」や「吉祥寺」などの都市構造の研究が注目されていたころですね。

森川　主に東京の西側で、西武や東急など電鉄系の企業を中心に、ターミナル駅周辺の再開発が進められていました。

平野　若者を呼び込もうとしてね。

森川　テーマパークをモデルにした、駅周辺を大規模に開発する手法が注目されていた。こうしたデベロッパーの商業開発による変化と、「秋葉原」の変化に、興味深い対称性を感じたことがきっかけです。

平野　森川さん自身、秋葉原にはよく行ってたんですか？

森川　消費者としてしばしば。パソコン関連を買うときもそうですし、スピーカーの自作などもしていましたので。

平野　ぼくが知っている昔の秋葉原は純度１００％の「電気街」だったけど、マニアックな人が集まる街という意味では、いまとおなじだった。

森川　そうですね。

平野　けっきょくマニア向けの店が集まるところが他の街とちがう？

森川　専門店が集まること自体は、秋葉原以外にもいろいろあるんです。わたしが秋葉原に特異性を感じたのは、専門的に扱っている商品の重心が急激に変わりはじめたことですね。ソニーとかパナソニックとか、世界に冠たる大企業の製品が中心だったのに、いきなり海洋堂のフィギュアとか、個人出版の同人誌とかに塗り替えられていった。

平野　ああ、なるほど。

森川　そこでまず確認したかったのは、そうした塗り替えの裏にデベロッパーがいるのかどうかでした。

平野　ジワジワ変わったのではなく、一気に変わったということは、裏で巨大な資本が動いている可能性が高いですもんね、渋谷みたいに。

森川　そうですね。この場所に特定の種類の若者を誘致しようとする商業開発のようなことが行われているのではないか、と疑ってみました。

平野　おたく向けのテーマパークにするっていう開発戦略をイメージしたわけだ。

森川　そういう黒幕の意図が介在しているのかいないのかを確認したわけです。

平野　で、どうだったんです？

森川　まるでありませんでした。

平野　ということは、変化は自然発生的に？

森川　はい。まず経過をたどると、90年代中ごろまでは、秋葉原にはパソコンやゲーム関連以外のおたく系の店はほぼ存在しませんでした。

平野　漫画専門店とかは？

森川　漫画やアニメグッズ、フィギュアなどの店は、むしろ渋谷とか新宿、吉祥寺、池袋のような街に展開していました。

平野　80年代に若者向けに開発された場所ですね。

森川　ただし、そうした街にあったといっても、いまの秋葉原のように駅前や目抜き通りの一等地ではなくて、そこから少し外れた裏通りや、地下に降りていったところなどに点在しているイメージですね。ちなみに海洋堂さんも秋葉原に移られる前は渋谷でした。

平野　へぇ、知らなかったな。

森川　道玄坂にあったんです。その後、秋葉原駅前の、電気街に通っていた人たちにとっては聖地のようにも見なされていた「ラジオ会館」に進出した。それまで高級オーディオが並んでいたところに、いきなりフィギュアが並ぶようになったわけです。

平野　さっきも言ったけど、ぼくが知っている秋葉原は「家電の街」。学生時代にレコードプレイヤーとかカーステレオとかを買いに行ってた。

森川　それが90年代に入るころに、「パソコンの街」に変わったんですね。ただ、まだMS-DOSが主流で、一般には敷居が高いものでした。専門的な研究者や理工学部の学生以外でいえば、趣味としてそれを愛好するようなタイプの人が主に使っていたわけです。

平野　なるほど。

森川　加えて、当時からパソコンを愛好していた人たちには、同時にアニメや漫画同人誌のような、「おたく系」の趣味を併せもつ傾向がありました。

平野　あ、そうなんだ。

森川　それで、秋葉原が「パソコンの街」に変わっていったときに、おたく系の商品を扱う専門店がまったくといっていいほどなかったにもかかわらず、需要だけが膨れあがっていったんです。

平野　なるほど。で、その後、どういう経緯でおたく系の店が集積するようになったんです？

森川　おたく系の店をやっている人たちは自身もおたくだったりするので、自分たちの商品を買ってくれそうな人々が秋葉原に集まっていることは肌で感じていたようです。

平野　うん。

森川　でも、だからといって、すぐに秋葉原に店を出そうという判断になるかというと、そう簡単ではないわけです。97年とか98年になるまで、足踏みの状態がつづいていました。

平野　それはなぜ？

森川　マニア向けの店にとって、同業の店がない場所にいきなり進出するのは、リスクが高いんです。

平野　あっ、そうなの？　普通に考えれば、需要があってライバルがいない場所って、いちばんオイシイじゃないですか。

森川　まさに需要があれば、そのとおりなんです。ただ、マニア系の店の場合、店を成り立たせるだけの客がほんとうにその街に来てくれるのかということが、実際に店を開いてみるまでわかりにくいんだそうです。

平野　そうか。そこで同業者が成り立っていれば、商売になるだけの集客が保証されているっていうことだものね。

森川　さらに、できればそのライバル店の隣に店を設けるのが理想らしいです。

平野　どうして？

森川　そうした店に行く客は、たいていハシゴしてくれるからです。そして相乗的に、より遠くからより多くの客が来てくれるようになる。

平野　なるほど。で、その足踏み状態に変化が起こるのはいつごろのことなんですか？

森川　１９９７年です。『新世紀エヴァンゲリオン』というテレビアニメが、何度か深夜に再放送されるうちに、アニメファンだけでなく一般層にも波及する大ヒットになって、劇

電気街がおたくの聖地へと急速に変容した様を、ビル外壁のラッピングで象徴的に表現した「秋葉原1980」(左)と「秋葉原2004」(右)。独創的で秀逸なアイデアだ。(2004年「おたく:人格=空間=都市」展 以下同)(撮影:森川嘉一郎)

場版が上映されました。

平野 覚えてます。

森川 全国の書店に「エヴァコーナー」ができて、ビデオやレーザーディスクも売れました。そしてとりわけ秋葉原と関係してくるのが、諸々の関連商品です。たとえばガレージキットなどは、それまでだと300個くらい売れれば御の字だったのが、エヴァのヒロインを出すと、いきなり3000体くらい売れるようになったそうです。

平野 マイナーだった商品アイテムを一般層が受け入れはじめた?

森川 時をおなじくして「スポーン」や「スパイダーマン」などの輸入フィギュアが渋谷にいた若い子たちに流行したことが、そのような雰囲気を醸成したようです。エヴァブームで儲かり、追い風が吹いているようにも感じられた。それで、以前から目をつけていた秋葉原にも出店してみようという店が現れるようになったようなんですね。

大阪万博を起点に「おたく」の誕生を展示

平野 秋葉原の構造変化を独自の視点で研究していた森川さんは、いっぽうで「おたく展」の展示コンテンツとして大阪万博をとりあげた。しかも選んだメディアは写真や模型ではなく、食玩のフィギュアだった。

森川 はい。

平野 そもそも大阪万博とおたくって、対極にあるものなんじゃないかっていう気がするんだけど、なぜおたく展に万博を出そうと思ったんです?

森川 秋葉原の変貌を展示でとりあげる際に、「変貌した結果としてできた秋葉原の街」それ自体を中心に据えたら、あまりうまくいかないなと思ったんです。

平野 というと?

森川 アンティークショップなり書店なり、同業の店が軒を連ねる専門街はいろんな国にあって、そのこと自体はたいして珍しくないからです。

平野 日本にだって神保町や合羽橋があるものね。

森川 そう。だから街自体を前面に出しても、その特殊性や新しさが伝わりづらいと思ったわけです。

平野 ああ、なるほど。たしかにそうだ。

森川 秋葉原の場合、おたく系の商品を扱う専門店が集まったという「結果」よりも、そこに集まる人々の趣味の構造にしたがって街が変わったという「プロセス」のほうにこそ新しさがある。

平野 そこが従来の都市論とは異なる新しい視座ですよね。

森川 「都市」自体よりも、それを変貌させた「趣味嗜好」や「人格像」のほうを前面に据えないと、それが伝わらないと考えました。

平野 それで「秋葉原」でも「都市の変貌」でもなく、「おたく」を表題にもってきたわけだ。

森川 しかし「おたく」を表題にすると、今度はなぜそれを国際建築展でやるのかということについて、あるいは「建築」や「都市」と「おたく」とのつながりについて、展示的に語る必要が出てきます。

平野 街の風景を再現してみせることが目的じゃないわけですからね。

森川 むしろ、おたくの人格が私的な空間にどのように投影され、さらにそれが公的な空間にいかに拡張されて都市を変えたかということを見せようと考えました。当時は食玩ブームで、おたくの趣味や関心を多岐にわたって表す形で秋葉原の店頭に大量に並んでいたわけですが、その食玩のフィギュアをいわばミクロとマクロをつなぐ展示的な装置として使おうと考えたわけです。

平野 なるほど。

森川 もちろん、食玩はおたくだけではなく、というよりはむしろ一般の大人、さらには40代以上の人たちまでターゲットにしていて、高度経済成長時代のなつかしの事物をモチーフにしたものも多く出ていました。それを使えば、過去にさかのぼって社会背景のようなものまで語れるのではないか、などと漠然と考えたわけです。

平野　うん。

森川　そういう、過去にさかのぼって背景を語ることを検討したときに、大阪万博を起点にすれば、「おたく」という人格像や文化がどのように誕生したのかを暗示しつつ、同時に、展示全体を国際建築展にどう接続するかという問題を解決できるんじゃないかと思ったんですよ。

未来信仰の失墜によってできた空間を埋めたモノ

森川　「おたく」という言葉は1983年に誕生するんですけど……

平野　それまでおたくはいなかったの？

森川　そういう呼び名がつくられたのが83年というだけで、似たような人格像は昔からありました。話は飛びますが、じつはギリシャ神話にヘファイストスっていう鍛冶屋の神が出てくるんですけど、女にもてない醜男(ぶおとこ)なんですね。

平野　へぇ。神話の登場人物ってみんな美男、美女だと思っていたけど、そうじゃないんだな。

森川　彼は工房にこもってロボットを助手にしながら、魔力をもったさまざまな武具をつくり出す。ギリシャ神話のころから、女性にもてないタイプの男がテクノロジーの力に執心するっていう人物像があったわけですね。

平野　内向的で閉じこもりがち、でも集中力は人一倍あるっていう人物像ね。

森川　平野さんが小学校に通われていた1960年代ですと、クラスに「博士くん」なんてあだ名の子がいませんでした？

平野　いたいた（笑）。色が白くて、メガネかけてて、勉強のよくできる子。でも運動はできない。

森川　クラスのなかではやや孤立していて、昼休みには校庭に出て遊ぶよりも教室で本を読んでいるような、周りから見ると少し変わった子なんだけど、「社会に出たら、なにかしら活躍をするかもしれない」みたいな一目の置かれ方をする。

平野　そういう子がおたくの原点？

森川　なぜ彼らが一目置かれ得たのかっていうと、「ひょっこりひょうたん島」に出てきた「博士」というロールモデルの影響もあると思いますが、日本が上り調子で、未来が科学技術によって明るく豊かになっていくという、未来志向、科

出展者の趣味が凝縮した"個室"ともいうべきレンタルショーケース。巨大な集合住宅のカットモデルのようだ。「おたく」という言葉は空間のイメージを内包していると森川はいう。（撮影：森川嘉一郎）

ck//Integration
ON SALE
王立科学博物館

学技術信仰が背景としてありました。

平野 ああ、そうね。

森川 学校では運動が得意な子が女の子に人気があったとしても、お勉強さえがんばっていればやがて活躍の場が与えられ、見返すことができるという夢をもつことができたわけですね。

平野 多少変わって見えたとしても、社会に貢献する人材と見てもらえたわけだ。

森川 成績のいい子が学級委員長に選ばれ、それがたんなる雑用係ではなく、名誉と他の生徒からのリスペクトをともなっていた時代でもありました。

平野 そして、そういった「科学技術が明るい未来を拓く」型の未来像を日本人に強力に刷り込んだのが大阪万博だった、と。

森川 そうした未来の、いわばショールームとなったわけですね。でもご存じのとおり、そういった科学技術信仰は、まさに大阪万博を象徴的なピークにしてガラガラと崩れ、色褪せていった。

平野 そうなると、「博士くん」はどうなっちゃうんだろ?

森川 それまで現実の未来へと向かっていた憧れ、ないしは逃避の先を、フィクショナルな未来へと移していった、というのが展示で描いた推移です。

平野 虚構の未来に?

森川 そうです。まさにサイエンスからサイエンス・フィクション(SF)に。そしてSFからSFアニメへと、関心をスライドさせていった。それが「おたく文化」を生成させることになり、同時に、「ハカセ」とあだ名されていたような人たちを「おたく」へと転じさせたわけです。

平野 てことは、おたく文化は、失われた未来像を補填する形で育まれていったっていうこと?

森川 それがビエンナーレの展示で描いた筋書きです。大阪万博ではパビリオンの未来的な建築デザインが憧れの依り代になっていた。それを建築が担いきれなくなっていくにしたがって、代償のように発展したのがおたく文化である、と。そのように建築とおたく文化を関係づけて、並列に置いたわけです。

平野 それが秋葉原の物語とも重なる?

森川 秋葉原がもともと電気街として発展した背景にも、科学技術信仰・未来信仰がありました。テレビや冷蔵庫が「三種の神器」と呼ばれたように、家電は科学技術がもたらす明るく豊かな未来を、家庭に運んできてくれるものとしての輝かしさを帯びていた。その家電を家族そろって買いに行く場所が秋葉原であり、やはり未来のショールームのような魅惑をまとっていたわけです。

平野　たしかにそうだったな。こどものころに見た、家族みんなでエスカレーターに乗って〝家電空間〟のなかをのぼっていく、っていう石丸電気のテレビCMをいまも鮮明に覚えているけど、家族で家電を買いに行くのって、ドキドキワクワクする最上のイベントでしたからね。

森川　ところが未来像が色褪せてくると、わざわざ家族総出で秋葉原まで買いに行かせるようなオーラを、家電は徐々に失っていくわけです。結果として秋葉原は求心力を失ってしまい、バブルが崩壊するころには郊外型の量販店などに家電市場を大きく奪われてしまった。だから90年代に入るころに、当時はまだマニアックな商品だったパソコンに主力商品をシフトせざるを得なかったんです。

平野　しかたなくパソコンに……。

森川　それがおたくの街へと秋葉原を変貌させたわけですね。未来信仰が失墜した結果として、かつて主力商品だった家電の代わりにおたく系商品が店頭に並ぶようになった。そして秋葉原を上書きした「おたく文化」は、未来に対する憧れや科学技術信仰が失われていった代償として、おたくの人たちが育んだものでもあるわけです。だから、「秋葉原という街の物語」と「おたくの人々や文化の物語」は、ある意味でパラレルな関係にあるんです。

平野　なるほど。

森川　その「未来像」を体現するものとして、秋葉原における家電の役割を果たしていたのが、万博ではパビリオン建築だった。そのような文脈で、ビエンナーレの「おたく展」では、まず大阪万博の会場を俯瞰した写真を展示します。そしてそこに写っている建築のデザインが、いかに強力な象徴的機能を果たしていたのかを、30年以上を経てもなお商品化を成立させるほど人々に記憶されていることを証す「食玩」を並べることによって、展示したいと思ったわけです。

平野　それでタイムスリップグリコにつながるわけですね。おたく文化を表現するメディアとして食玩を使おうっていうアイデアはじつにイケてる。

森川　まさにタイムスリップグリコで「三種の神器」と呼ばれていたころの古ぼけたテレビとか洗濯機が食玩になっていました。また、未来信仰の国際的な背景になっていた宇宙開発競争をモチーフにしたフィギュアなどもあって、うまくキュレーションをすれば、未来信仰とその失墜、そしてそれによっておたくの人々の憧れの対象や、秋葉原の主力商品がどのように移り変わっていったのか、さらにはおたく文化の発展と現状を、全部表現できるのではないかと考えたんです。

平野 しかも起点に大阪万博を置くことで、建築と秋葉原を並列につなぐことができた。

森川 かつて建築が担っていた「未来の表象」の代わりを、この小さな美少女フィギュアが担うようになっていて、その結果として秋葉原という都市の風景が塗り替えられたという……。そのような関係性やプロセスを、国際建築展において見せようと思ったわけですね。

「おたく文化」を育んだ日本特有の事情

平野 万博って、誕生したときから「産業技術の進歩が社会を豊かにし、人を幸せにする」っていう価値観を大衆に啓蒙する装置だったわけじゃないですか。

森川 国際的には宇宙開発競争、国内的には高度経済成長がともにピークを迎えていて、そのような価値観を駆動していたんですね。それが両方とも、万博以降に勢いを失っていくわけですが。

平野 万博の意味の喪失とおたくの誕生は裏表の関係にある、っていう話はじつにエキサイティングです。

森川 おたくのようなタイプの人は昔からいましたが、その関心の矛先が急速にフィクショナルなものへ向かったことが、「おたく」という枠組みの成立と「おたく文化」の発展につながった、という筋書きですね。

平野 そう考えると、日本だけの事象ではないはずですよね？「おたく文化」の出現は先進国に共通する現象なのかな？

森川 おたくのような人物像は世界各国に見受けられますが、そうしたイメージの人たちが、アニメや漫画などの特定のサブカルチャーと強く結びついて、「おたく文化」を発達させたことは日本特有なところがあります。そこにはいろんな理由や背景があるんですが、わかりやすいものとしては、日本の中学、高校におけるクラブ活動がある。文化部ってあるでしょう？

平野 歴史部とか手芸部みたいなやつね。

森川 そもそも生徒の多くが放課後になんらかの部活に参加していて、クラブが学級とは別立てで学校社会における強力な組織構造になっている、ということ自体が日本特有なんです。海外の学校でも、たとえばフットボールのチームとかチアリーディング部のようなものはありますが、そうした運動部や体育会系の部活動と対になるような一翼を成す形でさまざまな文化部があって、それぞれ部室という溜まり場が与え

独特の美意識で構成される“おたくの部屋”のミニチュア再現。都市を変容させるまでになったおたく空間の原点だ。（撮影：森川嘉一郎）

られている、というところがさらに大きな特徴になっています。

平野　あっ、そうなの。

森川　そうすると、運動部に入らない生徒はなんらかの文化、あるいは表現活動に「所属」することをうながされるわけです。文化部はだから、傾向として運動が苦手な子が多く入るわけですが、とりわけ文芸部や美術部などはおたくの巣窟になりやすい。漫画研究部やコンピューター部であれば、なおさらです。

平野　そうだろうね。

森川　文芸部や漫画研究部であれば、部員たちで原稿をもち寄って部誌を出しますよね。同好の仲間が集まって同人誌をつくり、コミックマーケットなどの即売会に出展するという、おたく文化の基盤のひとつになっている概念が、学校のなかで培われているわけです。そしておたく趣味の先輩がいれば、部活のなかで後輩に伝播する。

平野　文化部という空間が、おたく的性格の子をおたく系サブカルチャーと結びつけるっていうこと？

森川　そうです。その「カルチャー」の部分が日本特有なんですね。英語圏だと「おたく」に相当する単語は「ナード」とか「ギーク」ということになります。とりわけギークは理系でパソコンに熱中してそうなニュアンスが強いです。

平野　おたくっていうとパソコンに張りついている人っていうイメージなんだ。

森川　外見に無頓着で、テクノロジーに関するものを好んでいるイメージ、というのは世界共通ですね。パソコンとかハイテク機器とか。有名人でいえば、ビル・ゲイツがギークの人物像そのものですね。

平野　最近だとマーク・ザッカーバーグとか？

森川　そうですね。両者とも大変な社会的成功を収めて大金持ちになったわけですが、そのようなロールモデルとなる有名人がいる、というところが、日本におけるおたくとちがうところです。まだ「ハカセくん」と呼ばれていたころのように、学校では変わり者扱いでも、社会に出てから活躍するかもしれないというイメージが生きている。

平野　夢をもてるわけだ。

森川　日本では「おたく」と呼ばれる、そのような人物像それ自体は、インターナショナルなものです。いっぽう、そのような人物像と、漫画やアニメなどの特定のサブカルチャーとの強い結びつきが発生し、「おたく文化」が発達したことはドメスティックな現象です。

平野　日本ではアニメや漫画がポピュラーな存在だったからら？

森川　大きな前提としてはもちろんそうなのですが、たとえばアメリカでもディズニー映画やアメコミなどのアニメや漫画が一般に浸透している。他の国にあまり見受けられないのは、先ほど挙げた学校における部活動の文化、それからコミックマーケットのように、趣味的な表現活動をうながす非常に敷居が低くて間口の広い場ですね。

平野　部活やコミックマーケットがあることで、漫画を描くといったような「表現」のハードルが比較的低かった、という状況が日本のおたく文化を支えていると？

森川　加えていうなら、部誌や同人誌の印刷製本をサポートする印刷所がたくさん現れたことも、そうした基盤の一角を構成していますね。

平野　インフラですね。

森川　おなじ漫画やアニメの作品が好きな人同士で集まって、見よう見まねでそのキャラクターのイラストやパロディマンガを描く。それを印刷製本してコミケのような巨大な場で頒布するわけですが、そうした活動は、出版社が潰そうと思えば、著作権侵害だといって訴えることもできてしまう。でも日本では、それを黙認するという慣習が形成されてきたんですね。そして即売会には、おなじ作品のファンがいっぱい来る。たとえ絵がヘタでも、作品やキャラクターへの愛好に対する共感から手にとってくれたりする。

平野　その人たちが買ってくれるかもしれないわけだ。

森川　自分の描いたものが目の前で手に取られ、さらにお金を出して買ってもらえたりしたら、大変な喜びですよね。

平野　そりゃそうだ。一度でもそんな経験をしたら、漫画を描くのが楽しくてやめられないでしょう。

森川　重要なのはそこにいたる敷居の低さです。友達に誘われて、あくまで遊びやファン活動の一環として、好きなキャラクターのイラストを同人誌に寄せるところから、「つくる側」に入っていけるわけですね。

平野　「プロの漫画家になるんだ！」という決死の覚悟が要らないっていうのは、たしかに大きいな。

森川　そうして気軽に参加してみたら、意外に売れたり反応をもらったりして、もっと描いてみようという動機づけになったりするわけです。

平野　それでプロになることも？

森川　そうですね。コミケなどで売れるようになれば、漫画雑誌の編集者などからスカウトされます。

平野　へえ。

森川　それに、既存の作品のキャラクターを借りて二次創作の同人誌をつくる、というのは、創作や表現であると同時に、その作品やキャラクターを、受け身に読んだり観たりするのとは別の方法で、より能動的に鑑賞して味わう手段にもなっているんです。

平野　結果としてそれがプロになるためのトレーニングになっていた、っていうことも起こり得るわけですね。

森川　そのとおりです。より能動的な読み方、つまり二次創作を促すような作品やキャラクターのつくり方が、経験的に身につくわけです。

平野　同人誌って、素人が俳句を詠むようなものかな？

森川　趣味として気軽に表現活動に参加できること、それからいろんな方向性や水準の句会や会誌があるところは、似ているかもしれませんね。

平野　特別な才能がない人でも、自分のレベルにあった〝句会〟に参加して楽しむことができるわけだ。

森川　裾野が広がっていくと、そんな句会からも突出した才能が出てくる可能性だってあります。

平野　そういう人は次のステージに上がっていく。

森川　より高い水準を知ってしまったら、それまでの場では物足りなく感じられてくるということもあるかもしれませんね。

平野　そういえば、いま思い出したけど、ブリスベン万博日本館に普通の日本人が俳句を詠むシーンを出したとき、オーストラリア人がびっくりしたんですよ。「一般大衆がポエムをつくっているなんて！」って。彼らの文化観でいうと、「詩を詠む」っていうのは高度な教養をもつ選ばれたエリートにだけ許される〝スペシャルな創造〟だから。

森川　日本では普通のおばさんやおじさんが詠んでますからね。

平野　「世の中にそんな民族がいるのか！」って驚いているわけ。そういうふうに考えると、コミックマーケット的な文化も、もしかしたら日本独特のものであって、外国にはないものなのかもしれないな。

（2016年5月28日）

特異な視座と感性で秋葉原の構造変化を読み解いてみせた森川嘉一郎（写真右）。33歳の若さでヴェネチア・ビエンナーレ日本館のコミッショナーを託された。

岡本先生はなにも言わずに黙って筆をとるんです。

Nº05 SHINZABURO TAKEDA

竹田鎮三郎（たけだしんざぶろう）

１９３５年愛知県瀬戸市生まれ。画家。１９５７年東京藝術大学油画科卒業。１９６３年北川民次、久保貞次郎、伊藤高義らの応援によりメキシコへ渡航。国立サン・カルロス美術学校で壁画を学ぶ。１９６５年より国立世界文化博物館に勤務。１９６８年岡本太郎の壁画《明日の神話》の制作助手を務める。１９７８年オリジナリティを求め先住民が多く住む南部の町オアハカに移住。翌年より現在までオアハカ州立自治ベニートファアレス大学に美術教授として勤務。２００８年より国内版画ビエンナーレを主催。２０１２年瑞宝中綬章受章。２０１４年同大学より名誉博士号授与。

平野　1963年にメキシコに渡った竹田さんは、1968年に《明日の神話》と出会うわけですが、いったいどのようないきさつで？

竹田　メキシコに渡ったあと、まずサン・カルロス美術学校に入り、そこで壁画を勉強しました。当時、日本にはまだ壁画がなかったんです。

平野　なんでまた壁画を？　東京藝大では油絵を学ばれていたんでしょう？

竹田　メキシコ最大の美術学校ですから、油絵科や彫刻科をはじめあらゆる専攻が揃っていました。そのひとつに壁画科があって、ぼくはそこを選んだ。メキシコの壁画をひそかに勉強して日本へ持ち帰り、みんなに「どうだ！」って見せて驚かせようと思ってね（笑）。

平野　なるほど（笑）。

竹田　あれ？　でも日本に壁画がなかったって、ほんとにそうなのかな。岡本先生はすでにそのころ壁画をつくっていたんじゃないですか？

平野　旧東京都庁舎はじめ、大きな作品をいくつか遺しています。ただ、それらは陶板レリーフやモザイクタイルでできていましたから、メキシコ的ないわゆる「壁画」とはちょっとちがいますね。

竹田　ああ、そうか。で、そのサン・カルロスにルイス・ニシザワがいたんです。絵具や画材の先生としてね。

平野　どんな方なんですか？

竹田　興行でメキシコに来た長野出身のお相撲さんと、メキシコの若いお嬢さんが恋に落ちて生まれた二世です。ぼくはそのルイス・ニシザワを頼ってメキシコに渡りました。彼は日本語を話せなかったけど、お互いに日本の血が入ってますから、ヤアヤアって仲良くなって。当時、日本文化に関することは、ほとんどルイスをとおして入ってきてたんじゃないかな。

平野　現地の顔役だったんですね。

竹田　そう。そのルイス先生から、岡本太郎という有名な画家の作品を壁画に伸ばす仕事があるんだけど、自分にはできないからおまえやらないかって、声をかけられたんです。ぼくが壁画を勉強していて、日本語もしゃべるし藝大出だっていうことを知っていましたからね。ところが運わるく、ぼくは博物館に勤めはじめていたんです。

平野　どこの博物館ですか？

竹田　メキシコ国立世界文化博物館です。そこで東洋と日本の文化をメキシコ国民に教える専門家という、たいへん名誉な、ありがたい地位をいただいた。ぼくは得意になって、「美術館の絵描きですから」なんて言ってたんだけど、後になってよくよく聞いてみたら、ぼくのじっさいのポストは「門番B」でした。

平野　（爆笑）

竹田　そんなことで、日本人でまともに絵が描ける青年がいなかったんでしょうね。ちょうど目の前にぼくがいたので、ルイスは「じゃあ、おまえちょっと来い」と。岡本太郎という人の壁画をこれから伸ばすんだって。ぼくにそんなことができるのかって思いましたよ、もちろん。なんといっても岡本先生は有名な画家だし、大金持ちがわざわざ日本から連れてくるっていうこと自体、たいへんなことですからね。

平野　気楽なアルバイトって話じゃないですもんね。

竹田　そう。でもまあ、のこのこ行ったんです。行った先は《明日の神話》が飾られるはずだったオテル・デ・メヒコの建設現場。そこで岡本先生とも会いました。じっさいに壁画を制作したのは、ホテルの建設を進めていた大実業家マヌエル・スアレスがこの仕事のために用意した巨大なアトリエです。彼が「ヒガンテ」っていうスーパーマーケットをはじめたばかりのときで、倉庫がいっぱいあった。そのひとつにこの壁画がすっぽり入るというんで、そこをアトリエにしたんです。

平野　（写真を指差して）ここですね。

竹田　そうそう。この人が田口さん、こっちが当山くん、これがぼくですね。

平野　助手は3人？

竹田　3人です。田口さんと当山くんとぼく。

平野　田口さん、当山さんも、やはり日本からメキシコに渡った若い絵描きだったんですか？

竹田　そうです。たしかふたりとも藝大出だったんじゃないかな。

平野　3人はスアレスに雇われていたんですか？　スアレスから報酬をもらっていた？

竹田　そうです。かなり割のいい仕事だったような覚えがあるな。金額までは覚えていませんけどね。オテル・デ・メヒコの工事現場のなかにスアレスの事務所があって、15日ごとに給料日が来ると、建設労働者と絵描きがみんな行列するんですよ、お金をもらうためにね。ぼくらは少し離れた倉庫で仕事をしていたけど、給料日には工事現場に取りにいきました。

平野　当時はキャッシュの手渡しですものね。

竹田　でっかい硬貨でした。札はなかった。最初の給料は丸いお金をこんなふうに積み上げてね。うれしかったな。

《明日の神話》制作の舞台裏を語る竹田鎮三郎。当事者しか知り得ない貴重な話をしてくれた。

平野　若い日本人の絵描き3人で、太郎が日本からもち込んだ下絵を拡大していったということですが、じっさいの作業はどのようなものだったんですか？

竹田　当時はもちろん、プロジェクターを使って拡大するなんてことはできなかったから、小さな下絵にみんな升目を引いて、それを頼りに拡大していきました。升割りをした後、たしか木炭で形をトレースしたんじゃなかったかな。その辺りはよく覚えがないけど。とにかくなにかでトレースして、それから色を塗りはじめたんです。

平野　3人は壁画制作の経験があったんですか？

竹田　いや、まったく。ぼくだってやっと美術学校に入って壁画の勉強をはじめたばかりでなにも知らなかったしね。画材が専門のルイスからいろいろ教わったんじゃなかったかな。

平野　そういえば《明日の神話》に使われている絵具はアクリル系ですよね。時間がないなかでの作業だったし、もともと太郎はせっかちだから、アクリル絵具は乾くのが速くていいってすごく喜んだと聞いてます。

竹田　ああ、そうでしょう。ルイスに紹介してもらって、シケイロスがはじめた「ポリテック」という会社の絵具を買いに行きました。シケイロスの弟がその絵具会社の社長をやっていましてね。ポリテックは普通の学生が使うようなものだったから、もうちょっと良い材料が欲しいといって、シケイロスの弟のところに頼みに行ったんです。それを大きな缶でたくさん買いました。

平野 拡大作業はすべて3人でやられたんですか？

竹田 そうです。3人以外はいませんでした。

平野 役割分担は？

竹田 いや、なにもないです。ただしぼくがリーダーだったので、ふたりにはぼくが指示をして。なにしろ彼らは壁画のことをなにも知らなかったので。

平野 太郎はときどき来るだけだから、作業を進めながら、ほんとうにこれでいいのか、このまま進めて大丈夫なのかって、不安になったり迷われたりされたでしょう？

竹田 先生は敏子さんと一緒に何ヶ月か後に来るんですよね。現場に来て、いちばん最初に敏子さんが「こんなの形がちがう！」って言うんです。

平野 (爆笑)

竹田 それでぼくなんかは、「もう、なんだよ。こんなにでかいんだから、このくらいのちがいなんか、遠くから見たら無いのと一緒じゃないか」ってね。

平野 どうせわかんないじゃないかと。

竹田 そう言ってね、口答えしたこともありました。そうしたら岡本先生が、ホテルへ送っていったときだったかな、「君は気骨があるから将来性があるよ」なんて言ってくれて。

平野 太郎が褒めた？

竹田 そう？ 褒めた？ それは珍しいな。褒められたのか冷やかされたのかわかんないけど(笑)。

平野 敏子が文句を言ってるとき、太郎はなんか言いました？

竹田 それがね、なにも言わないの。

平野 なにも言わない？

竹田 そう。先生はなにも言わないんです。敏子さんがひとりでワーワー言うだけで。

平野 そうじゃないかと思った(笑)。

竹田 そういうとき、先生はなにも言わずに黙って筆をとるんです。

平野 やっぱり。

竹田 アクセントをつけたり、最後のタッチを加えたりね。そういうことはぜんぶ岡本先生がご自身でやりました。何回も来て、自分でね。ぼくなんかは綺麗にできたって無邪気に喜んでいたんだから、ほんとにしょうがないね(笑)。

平野 作品の進行状況を見た太郎は、その場で、黙って直していったと。どういうところが気に入らなかったんでしょうね。

竹田　気に入らないというより、魂を込めるみたいな感じだったな。岡本先生がひと筆やると、ほんとにピシっと決まるというか、命が伝わるというのか……

平野　作品に命が宿る？

竹田　そうそう。それはぼくらにはできなかった。ぼくらは色を真似ているだけでしたからね。美術というものはただ真似ていてはダメなんだっていう、そんなあたりまえのことを、そのとき改めて実感したことを覚えています。

平野　《明日の神話》って中央の骸骨がレリーフになっていますよね。

竹田　はい。ただね、なぜかそれについてはぜんぜん覚えがないんですよ。

平野　油絵の発想じゃないですよね。だれのアイデアなんだろう？

竹田　覚えてないなあ。材料のことはルイスに聞いたはずなんですけどね。

平野　《明日の神話》がなかば打ち捨てられていたメキシコシティ郊外の資材置き場ではじめてこのレリーフを見たとき、ぼくは、なんていうか、その美しい存在感にすごく感動したんです。

竹田　少し思い出してきた。そういえば、あの陵をつくるとき、絵描きとしてなにか違和感を感じました。

平野　というと？

竹田　絵描きがキャンバスに絵を描くとき、そこにはある種の純粋性みたいなものがあるじゃないですか。絵画的なトリックをいろいろ使いながらもね。ところが絵を描かないで陵をつくれって言われて、なんでそんな無茶なことをするのかと、なにかトンチンカンなことをやらされているっていうような、強い違和感をもった覚えがありますね。

平野　骸骨部分は、合成ゴムとおがくずみたいなものを練りあわせてつくった材料を貼りあわせているんです。いまの言葉でいえばミックスドメディアですよね。

竹田　なるほどね。そう言われてみるとほんとうにそうだ。あんな50年も昔に、違和感をもたれるようなことを平気でやっていたというのは、やっぱりこの先生はすごいね。

平野　じっさいに目にすると、絵具ではぜったいに表現できない効果を生んでますものね。

竹田　ほんとにそう。簡単なのに、効果的。ぼくらがただ真面目に描くことだけで生きているときに、こういう表現方法をいとも簡単に見つけてしまう岡本先生はやっぱりすごいな。

平野　メキシコだからっていうことはあったのかな。

竹田　そういえばレリーフってメキシコの古代美術のなかにたくさんあるんですよ。

平野　あっ、そうなんですか。

竹田　アステカ文明は立体です。彫刻でもなんでも、すべてが現実に近い形をつくって表現した。ところがマヤ文明はレリーフなんです。立体がないと言ってもいいくらい。人間が選んだ表現方法は、ただ描くというところからスタートして、レリーフという表現が加わって、彫刻という立体になる。順序としてはおそらくそうなんでしょうけど、レリーフには神秘性というのか、絵にもない、彫刻にもない、〝もうひとつの表現〟というのか、そういうものがあるのかもしれませんね。

平野　今回、あらためて渋谷の壁画をご覧になって、いかがでした？

竹田　なんかすごくうれしいっていうか、よくやったって思います、絵描きとしてね。これ、すごいじゃない。絵描きとしてほんとうによくやってくれたというよろこびを感じました。ぼくら人間がもっている、抱いている未来とか、夢とか、悲惨なものとか、そういうものを具体的に表してくれてますものね。

平野　依頼主であるスアレスもよろこんだらしいです。

竹田　そうでしょう。もしホテルが完成していたら、多くの人の前に広げたこの作品を、ぜひ見てくれって得意になったと思いますね。それは、金持ちだからというんじゃなくて、自分がもっている感性に対する自信ですよ。自分の見る目にまちがいはない、いいものをここに飾りたいんだっていうね。

平野　作業現場にはスアレスもよく顔を出したでしょう？

竹田　そういえば、現場で岡本先生とスアレスが喧嘩しているのを思い出しました。ルイスと一緒に脇で見ていたんですよ。岡本先生、一生懸命しゃべってました、フランス語で。それを見ながらルイスが言ったんです。「なあ、竹田、日本ではお金持ちより絵描きのほうが上かもしれないけど、メキシコでは逆なんだよ」って。

平野　なぜ喧嘩になったんです？

竹田　たしか設置場所に関することだったんじゃないかな。日本では絵描きが自分の主張、言いたいことを言うのが普通ですよね。

平野　芸術家は業者じゃなくて〝先生〟ですからね。

竹田　そう。でもメキシコじゃ金持ちのほうが偉いんです。これじゃダメだとか、この色は変えろとか、大きさを変えてくれとか、勝手なことばかり言う。それがメキシコ流。でも岡本先生は、大物中の大物、スアレスに食って掛かってた。

スーパーマーケットの倉庫を流用してつくられた《明日の神話》専用の巨大アトリエ。制作は日本からもち込んだ1/10サイズの下絵を参照しながら進められた。写っているのは3人の助手のひとり。

平野　（笑）《明日の神話》の登場人物のなかでぼくがいちばんすごいと思うのは、なんといってもスアレスです。だって、たかだか印刷された画集でしか岡本作品を見たことがなかったのに、いきなり仕事を頼んだんですからね。いうまでもなくオテル・デ・メヒコはスアレス一世一代の大事業。しかもレセプション空間はいちばん大切な「ホテルの顔」です。そんな大仕事を、東洋の端っこにいるだれも知らない作家に託したんですから。よくそんなことができたなと思って。日本じゃとても考えられません。

竹田　日本じゃ考えられない。まったくそうですね。メキシコはほんとうに度量が深いというか…どういうふうに説明したらいいのかな。

平野　スアレスならメキシコ随一の芸術家をいくらでも使えたでしょう？　じっさいオテル・デ・メヒコの隣に「ポリフォルム」っていうシケイロスの美術館をつくってますしね。それをわざわざ東京まで足を運んで頼みに来たんだから、太郎も意気に感じたでしょう。

岡本太郎はメキシコをわかっていた

平野　竹田さんは50年以上メキシコにお住まいになっていて、メキシコ人の感性がよくおわかりだと思うんですが、もし計画どおりにオテル・デ・メヒコがオープンし、《明日の神話》がメキシコ社会に投げ込まれていたとしたら、メキシコ人はこの作品に対してどう反応したと思われます？

竹田　まず第一番に国宝にしたでしょう。

平野　国宝？

竹田　はい。じっさいメキシコでは多くの壁画が国宝になっています。日本の関係でいえば、イサム・ノグチが市場のなかに大きなレリーフ状の壁画を遺しています。これもいま修復され、大切に保存されています。

平野　なるほど。そういえば、《明日の神話》の骸骨ですが、原爆に焼かれて燃え上がっているでしょう？

竹田　そうそう。

平野　設置されるはずだったのはホテルのレセプション。大切な顧客をウェルカムする場所じゃないですか。そんな場所にこんなものを描いていいのかって、敏子が訊いたらしいんですよ。そしたら太郎が「日本じゃ無理だし、よその国でもダメかもしれないけど、メキシコだからいいんだよ」って言ったらしいんですよね。ほんとにそうなんですか？

竹田　そのとおりだと思います。メキシコだからいいというより、メキシコはそういうものを求めているんですよ。そういうものが気持ちにピタッとくるっていうかね。だから、素直にすっと受け入れたと思いますね。

平野　やはり日本とは感覚がちがうんですね。死生観もずいぶんちがうだろうし。

竹田　日本人が考える倫理観は、メキシコでは通用しないですね。たとえば、革命が起きて教会から牧師が逃げちゃったとき、残された教会に政府が壁画を描かせたんですよ。オロスコという有名な壁画家が描いたのは、股を広げた女を膝にのせてどんちゃん騒ぎをやっている腹の出た金持ちが、貧乏人に札束をバラまいているというもの。その後、牧師たちが帰ってきたけど、そのまま使われています。

平野　スゲー！（爆笑）

竹田　受け入れる幅が広いというのか、美術に対する制限がないんですね。日本だとアカデミックな観点でこの絵はいいとか悪いとか評価しますけど、それがないんです。そういう〝制限のない美意識〟が岡本先生を選んだんですよ。

平野　なるほど。オロスコの教会壁画の話を聞くと、ホテルに原爆を描くのもアリですね。いずれも現実に根ざした大衆へのメッセージですものね。

竹田　そうです。岡本先生は、時代をしっかりとキャッチする力のある人だったんですよ。それをひっくり返して美術作品として表現する力もあった。いまこう言うと簡単なことのように聞こえるかもしれないけど、あのころの日本ではだれもできなかった。

平野　芸術観がメキシコに近かったのかもしれませんね。

竹田　現実社会をキャッチして、それを自分のなかで作品化する、芸術化するというリアクションが、「美術は民衆のためにある」というメキシコの思想とそっくりです。

平野　ほんとにそうだ。太郎はいつも「芸術は民衆(ピープル)のものだ」って言ってましたから。

竹田　でもそれは当時の日本にあっては異端だった。岡本太郎の異端はまさにそこにあるとぼくは考えているんです。

平野　ああ、なんかすごくスッキリした（笑）。

竹田　でもね、いまになってそう思えるだけで、当時はそんなこと考えもしなかった。あのときのぼくは、ただただお金をもらえるから喜んでやっていただけで、岡本先生のほんとうの気持ちなんてなにひとつ考えませんでした。バカだったなと思います。やっぱり昔からバカだったんです（笑）。

平野　整頓されたものを評価する日本の美術界は、土臭くて、異臭を放つニンニクのようなメキシコ美術を認めなかった。それって、当時の岡本太郎に対する画壇やアカデミズムの反応ととてもよく似ているような気がするんです。

対談が終わるとその場でさらさらっと絵を描き、プレゼントしてくれた。

竹田　シケイロス、オロスコ、リベラなどのメキシコの美術家がアメリカで評価されたのはなぜか、その核になったものはなにか。ぼくは「生理」だと考えています。

平野　生理？

竹田　そう。「知性」の対極です。ニンニクは生理で、整頓は知性。しかし、ぼくはニンニクにも知があると思う。そしてその知はメキシコ革命を生きた。つまりメキシコ美術は革命であり、メキシコは革命そのものを生きていたんです。

平野　太郎はそれをわかっていたと。

竹田　そうです。それが岡本先生のメキシコ時代なんですよ。このことにぼくは強く驚くし、それを受け止めた岡本太郎という芸術家のデリケートな感覚に強い尊敬を抱きます。

平野　今日は貴重なお話をたくさん伺うことができて、とても嬉しいです。太郎がメキシコに惚れたワケがちょっとだけわかったような気がしました。ありがとうございました。

（2015年4月27日）

岡本太郎がなにかを
つくるときには、
何百年後の人間がこれを
どう受け止めるかってことを
考えていたんじゃないか。

N°06 OSAMU NISHITANI

西谷 修（にしたにおさむ）

1950年愛知県生まれ。哲学者。東京外国語大学名誉教授。20世紀フランス思想（バタイユ、レヴィナス、クレオールなど）の研究をベースに、グローバル世界の諸問題、戦争論、世界史論、共生論、破局論、などを論じる。著書に、『アメリカ 異形の制度空間』（講談社選書メチエ）、『夜の鼓動にふれる――戦争論講義』（ちくま学芸文庫）、『戦争とは何だろうか』（ちくまプリマー新書）、『〈テロル〉との戦争』（以文社）、『破局のプリズム』（ぷねうま舎）など。『自発的隷従論』（ちくま学芸文庫）を監修。

平野　きょうはぜひ「岡本太郎」をつくった1930年代のパリの空気、20世紀芸術のありようや、その意味と価値などについて、いろいろ伺いたいと思っています。

西谷　まずはなんといっても第一次大戦後ということですね。

平野　第一次大戦後？　うーん、まったくイメージわかないなあ。

西谷　そうでしょう。のちに第二次大戦も起こったし、いまでは想像することもむずかしいけれど、ヨーロッパ人にとっては、天が落ちるような体験だったようです。

平野　なるほど。

西谷　産業革命以降、西洋世界はどんどん発展した。その力で全世界を制覇し植民地にして、ヨーロッパの大都市は大いに繁栄したわけですが……

平野　はい。

西谷　それで工業生産の文明が謳歌されたわけだけど、その文明の爛熟によってどうなったかといえば、けっきょくは西洋内部で破滅的な戦争が起こってしまった。はじめたときはどちらも3週間くらいで終わると思っていたんですよ。

平野　あ、そんな感じだったんですね。

西谷　ところが、「全面戦争」って言うんですが、戦場とは関係なく生きている人たちの生活までが、蟻地獄のように戦争に飲み込まれていった。社会生活の全般が戦争につぎ込まれ、文明をすべて吸い取ってしまったんですね。

平野　だから「全面」なんだ。

西谷　自分はこれからどう生きていくか、なにを表現していくか、なんてことを考えている人々は、「これこそ文明の自己破綻じゃないか」と思った。

平野　それまでは進めば進むほど、発展すれば発展するほどいいと思っていたのに、第一次大戦がそのコンセプトをぶち壊してしまったわけですね？　つまりは展望がなくなってしまった。

西谷　そうです。だから若い連中は、これまでのものはクソくらえ、おつに澄ましてろくでもない。「世界が変わらなきゃいけないし、変えなきゃいけない」と、それまでの価値観を壊して、いろいろな形で表現をはじめるわけですね。

平野　ああ、それはよくわかる。なんとかして世界を変えなければ、と考える若者は、とうぜん「表現」で闘おうとしますよね。ていうか、それしか闘う術がない。

西谷　そういう人たちが、ものを書いたり、絵を描いたりするわけですよ。

平野　太郎がパリに渡ったのって、まさにそういう時代だったわけだ。

西谷　そういうことです。怒りが既存の秩序への破壊に向かっていた。

平野　それまで信奉していた工業社会の価値観や進歩観が、第一次大戦でぜんぶ瓦礫になった。よりどころがなくなって、どうしていいかわからない。だからこそ、なにかを表現しなければいけないという強い欲望がわきあがってきた。そんな連中が手探りでなにかをはじめた時代だった。そんな感じですか？

西谷　まさにそうです。たとえばシュルレアリスムに標的にされたのは、小説家だとアナトール・フランスとか、いい文章で古典的な小説を書いた人なんだけど、シュルレアリスムは「こんなものは嘘だ、葬式だ」と批判した。

平野　「きれいごとばかり言いやがって」って？

西谷　「そんな表現にはなんの意味もない」と。この世界の破綻をどう引き受けるのか、どうやって表現するか。世界が引き裂かれている状況を表現しなかったら、人前に出せるものにはならないと。

平野　はい。

西谷　おためごかしはもういい。洗練や古典化なんて摩滅した感覚だ。感受性から世界を変えないといけない、と彼らは考えた。それで20年代のアートシーンや知的な探究の領域で、あらゆる形で新しい表現が起こりはじめるわけです。

平野　なんていうか、おもしろそうな時代ですね。

西谷　「西洋近代がいい」という絶対的信奉が完全に崩れてしまった。それがいろいろな局面に広がって、インパクトをもったんですね。

平野　もしかして、ヨーロッパのキリスト教社会がもっていた優越性が戦争で吹っ飛んで、ある種の自己嫌悪、自己否定を生んでいったんじゃないですか？

西谷　そういう面もあります。ただ、キリスト教社会の伝統は、そのしばらく前から形骸化していたんですけどね。

平野　なるほど。

西谷　ウィーンではフロイトの精神分析が出ていましたが、第一次大戦後にはハイデガーの哲学が出てきます。両方ともパリにも影響しました。ハイデガーの講義は20年代のはじめから人気があって、28年には『存在と時間』が出版された。

平野　それって、一言でいうと、どういう哲学なんですか？

西谷　それまでの哲学は、「はっきり理詰めで考える」ものだった。理性的意識が原理ですから。ところが、ハイデガーは、「まず不安という気分がある」と言う。

平野　へえ。

西谷　「現存在の不安」というのですが、時代の核心ですよ。

太郎をとりまく思想の状況をわかりやすく解説してくれた西谷修。情熱的な人だった。

まさに知性が不安にさらされていましたからね。それに「死」を扱う。

平野　20世紀になって、抽象やシュルレアリスムなどの近代美術が出てきた。それらは19世紀までの美術の常識や、それを支えていた美意識をひっくり返そうとするものだった。そういうふうに学校で教わるわけですけど、いまの話を聞いていると、それは天才芸術家たちが思いついた新しいアイデアだったというよりも、ヨーロッパ文明の崩壊を目のあたりにして、それまでのやり方をひっくり返さなければ次に進めなかったっていうことなんですね。

西谷　そういうことです。絵を描こう、なにか表現しようと思った連中は、いままでどおりのことはやっていられなかった。

平野　そんなことをやっていたから戦争なんかが起きてしまったんだと?

西谷　そうです。

平野　いままで積み上げてきたものはすべて戦争とともに否定すべきものになった。オマエらがつくったもので戦争になったんじゃないかと。

西谷　それまで褒め讃えられ、権威になっているものすべてが「ふざけるんじゃねえ!」っていう感じだった。だから美術史的にいえば、この時代に新しいいろんなやり方ができましたっていう話ではあるんだけれど、それは美術の領域の現象として見たときで、もっと大きな流れのなかで、知的な関心や感受性のあり方全般が大きく変わって、世界に対する不安や怒りが表現を突き動かしていった、ということじゃないでしょうか。

平野　過去の構築物を壊して、そこからどういう可能性があるか、みんなで探っていったわけですね。

西谷　そう。前衛運動はまさに〝運動〟であって、だからグループになっていた。個人じゃないんです。

平野　そうか。革命みたいなものなんだな。

西谷　まさに感受性の暴動です。そうやって革命を起こして権力を取ったのがアンドレ・ブルトンです。まあ、永続革命ですが。

平野　以前、多摩美大教授の安藤礼二さんと「太郎はパリ時代にあれほどのエリート集団に仲間入りさせてもらいながら、戦後なんでパリに戻らなかったんだろう？」っていう話になったとき、彼は「太郎は西洋文化の中心にたどり着くぞ！と意気込んでヨーロッパに渡ったはずだけど、行ってみたらパリの文化人たちの目はヨーロッパではなく周縁に向いていた」と言うんですね。

西谷　そうも言えますね。でも、エリート集団というより跳ねっ返りですよ。

平野　当時生まれた近代的な民族学が典型だろうけど、パリの文化人たちはヨーロッパのキリスト教文明の外側にあるものを一生懸命に研究していた。そういう状況を目のあたりにして、最初、太郎は驚いたかもしれない。でも、もしかしたら、太郎は自分は日本っていう端っこに、つまり彼らヨーロッパの文化人が探求しようとしている〝外の世界〟に生きてきたことを認識して、「オレが居た場所は、彼らにとっては探求対象の〝外の世界〟だけど、オレは最初からそのなかに居る。ならばその〝地の利〟を生かしたほうがいいんじゃないか」と考えたかもしれない。日本にとどまり、日本を考えつづけた理由はそこにあるのではないかと。これは安藤さんの論考のぼくなりの理解なんですけど、西谷さんはどう思われます？

西谷　たしかに。日本も近代化を追い求めたけれど、それによって潰されるものに、太郎は事実上引き寄せられてゆきますよね。パリは20世紀初頭には世界の都で、みんなそこに集まったわけですが、とりわけシュルレアリスム以後を見てみると、世界に開いているんですよ。アフリカ、ラテンアメリカ、カリブ海……。いままでの西洋的な審美眼だとそんなものは未開の特産物程度だった。眼中になかったわけだけれど、西洋という軸が崩れたために、目が開かれて〝外〟に魅了されてゆくんです。

平野　はい、はい。

西谷　そんなパリを見て、岡本太郎は自分の西洋も崩して、いろんなものに開かれてゆく。その灼熱に魅了されて思ったでしょう、「どうやってタブローを構成するか」なんてことは問題じゃないんだと。

平野　ああ、きっとそうだったんだろうな。

西谷　たとえば100年、200年経ったときに「絵画表現、芸術表現とはなにか」と問われたらどう答えるか。自分がやること、やりたいこと、表現ってなんだろうと考えたときに、岡本太郎は民族学に行かざるを得なかったんだと思うんですよ。

平野　幸いなことに、太郎は自分の周りにアルフレッド・メトローやマルセル・モースの授業に通う人がいた。「おもしろいからいっしょに来ないか？」と誘ってくれた。

西谷　当時の民族学は人間の営みについての西洋の外のまったく新しい知見を掘り起こしていました。人間の生存……人間はひとりで住んでいるのではないから、どういう集団のあり方があるのか、そこで根本的に考えたと思うんです。

平野　この《傷ましき腕》は、太郎がパリに渡ってまだ5〜6年しか経っていない、25歳のときの作品です。アプストラクシオン・クレアシオン※に入っているときに描いたものですが、すでに抽象の規範から外れている。だれが見たって具体的な腕ですからね。規則の外に出ちゃったわけだけど、太郎は「なんでそんなことに縛られなきゃいけないんだ」と抽象芸術から離れます。ところが、この絵を見たブルトンが「いいじゃないか。この絵はシュルレアリスムだ。第1回シュルレアリスム展に出品しろよ」と声をかけてくれた。

西谷　はい。

平野　しかし太郎は出品はしたけれど、シュルレアリスム運動には参加しなかった。みんなは「絵をどう描くか」で右だ、左だって派閥争いみたいなことをやっているけれど、オレはそんな小さい話ではなく、人間存在の根源に触れたい、とマルセル・モースのもとで民族学を学ぶわけです。

西谷　自分が未知の世界を受け止める。それが新しい人類学です。言ってみれば、自分にとってインパクトのある場面をスクリーンにパッと映す。すると、自分と世界の関係が、ここ（絵）にイメージとして浮かび上がる。

平野　自分と世界の関係をプロジェクションしているような感じですね。

※1932年にパリで結成された抽象芸術運動グループ。

太郎が1936年に描いた《傷ましき腕》。現存するのは1949年に再制作したもので、オリジナルはこのモノクロ印刷物しか残っていない。

西谷　そう。「これが自分と世界の関係だ」と岡本太郎は表現したんでしょう。それをブルトンは受け入れたんですね。

平野　ブルトンは「こっち（シュルレアリスム）に来いよ」って誘ったらしいですよ。

西谷　でも太郎は民族学に行った。

平野　太郎が非西洋文明に触れたのはミュゼ・ド・ロム（人類学博物館）というミュージアムで、モースの講義もそこでおこなわれていました。ピカソがアフリカ原始美術に出会ったのも、このミュージアムの前身の民族博物館です。

西谷　そうですね。

平野　これは梅原猛さんが言っていたことですが、博物館で非西洋文明と出会って衝撃を受けたという点ではピカソと太郎は共通しているけれど、そこから先が大きくちがう。ピカソはアフリカ原始美術をあくまで造形の問題と見たのに対して、太郎は縄文を生き方の問題としてとらえたからです。ピカソはアフリカ美術の「おもしろい形」に興味をもったけれど、太郎は縄文土器をつくった人々の精神や生き方に興味をもった。ベースにあるのは、パリ時代に民族学を学んで身につけた感性であり、民族学の視座であり、モノから背景を読み解く技術だったと思うんです。

西谷　なるほど。

大阪万博テーマ館のために、
太郎はアトリエの庭で直径
3mの巨大な仮面《地底の
太陽》をつくった。万博閉
幕後に行方知れずとなった
が、2018年に再制作され、
太陽の塔内部へのプロロー
グ空間で見ることができる。

平野　そして、それこそが岡本太郎が一般の美術作家と決定的にちがうところです。〝世界を見る眼〟というか……

西谷　「生きていることの生々しさ」に関する感覚みたいなものは、もともとあったと思うんですよ。

平野　はい。

西谷　それがフランスに行って、激動状況のなかに飛び込んで、さらにどんどんひらかれ、自分のなかで高まっていったんじゃないかな。

平野　なるほど。

西谷　もうひとつは、日本に帰ってきたとき、この国も戦争のなかに入っていく状況にあった。いったいこの瞬間における表現ってなんなのか、なにが表現になるんだって、そういうことを考えたときに、もはやモダニズムを追う、さらに新しいものを追うっていう、そういう思考ではなくなっていたんじゃないかと思うんです。

平野　そうかもしれませんね。

西谷　そんなときに、この日本でなにをやるかと模索していたときに、沖縄に出会ってしまった。

平野　縄文に出会い、東北に出会い、沖縄に出会った。

西谷　200年、300年経ったときに、この作品は人間にとってどういう意味をもつのか。そういうことを考えていたんじゃないかと思うんですよ。現在の美術市場で、こういうふうにすれば売れるし当たる、なんていうことではなくてね。

平野　ほんとにそうですね。

西谷　わたしはよくこういうことを考えます。人類が滅亡したあとに宇宙からだれかが来たときに、「これはなんだ？」って思うようなもの。それこそが素晴らしいんだと。

平野　はい、よくわかります。

西谷　ここまで言うとちょっと極端だけど、100年、200年経ったときに、これがこの時代の人間の表現なんだって見てもらえるかどうか。形や色や素材や、そういうものをぜんぶ含めて、そこにいる人間とこの世界との出会い。それを形にする。

平野　太郎はそういうものを目指したんじゃないかと？

西谷　そう思うんです。

平野　太郎はマーケットのことをいっさい考えていなかった。なにしろ絵を売らなかった人ですからね。

西谷　そうなんですか。

平野　その根っこはパリ時代にあるんじゃないかと思うんですよ。彼は博物館で仮面や祭具、生活雑器などの民族資料を見て感動したわけだけど、理由のひとつは、それらが職業作家や職人が商品としてつくったものではなく、民衆が祭りや生活で使うために自らつくったものであること。芸術は商品ではない、生活そのものが芸術なんだ、っていう芸術思想の原点はそこにあるんじゃないかと。

西谷　売るために描く、つくるなんて卑しい。芸術は無償、無条件であるべきだって言ってたんでしょう？

平野　「芸術は太陽のようなものだ」とよく言っていたようです。太陽は無限にエネルギーを注いでくれるけれど、「おい、暖かかっただろ？　だからいくら寄こせ」なんて言わないと。こういった考えって、バタイユをはじめパリでふれあった思想とやはり関係があるんでしょうか？

西谷　アフリカの面がね、なんで美術って言われるようになったか。それはブルトンやピカソが素晴らしいと言ったから。つまり画商がついたからです。

平野　おおー！（笑）

西谷　西洋近代美術ってそうなんですよ。アフリカの仮面が芸術として発見されたのは画商がついたから。19世紀の中ごろからマーケットシステムがベースになった。そして作品はプロダクションと呼ばれるようになる。

平野　考えてみれば、それが「近代」ですもんね。それまでは絵描きはみんな雇われの宮廷画家だったわけだし、美術を流通させるマーケットもなかったし。

西谷　パトロンがいればよかったんです。

平野　商品として流通するメカニズムが生まれたからこそ、近代的な意味での「美術」が成立するようになったわけだから。

西谷　岡本太郎は、ブルトンたちのそういう体質に馴染まないところがあったと思うんですね。新しい芸術運動だって、言うなれば画商を引っ張ってこないといけないわけだから。

平野　そうですよね。

西谷　だから民族学に傾斜していったんじゃないかな、一生懸命作品をつくるんじゃなくてね。作品をつくるってことは、要するに画商がつくようになるってことだから。それよりも民族学に入り込んでいって、そこで「描く、つくる、とはいったいどういうことなのか」を突き詰めようとしたんだと思うんですね。

平野　ああ、なるほど。

西谷　「商品ではない表現」ってなんだろうと考えると……フランス語でね、「イネスティマブル　オブジェ　ド　トランスミッション」って表現があって、「トランスミッション」は「伝承」です。世代を超えて伝えていくこと。「イネスティマブル　オブジェ」っていうのは、「エスティメイトできないオブジェクト」です。

平野　価値が計算できないオブジェクト……

西谷　売ろうとしてつくられていない。そして値がつかない。カントは、あらゆるものには値がつけられる、つまり「あらゆるものには価値がある」と言った。「無駄なものはひとつもない」ということになりますが……

平野　はい。

西谷　もうひとつ言ったのは、「値段がつけられないものがある。それを尊厳という」。

平野　おお、カッコいい！

西谷　バタイユは「あらゆる有用性、役立つものの彼方へ」と言った。そして「有用性、役立つ、ユーティリティ」を徹底的に否定していくんです。「ユーティリティ」とは「なにかの役に立つ」こと。たとえば、ここにコップがあるけれど、コップはみんなが使える。役に立つわけですね。だから価値がある……これは近代の考え方。

平野　はい、わかります。

西谷　役に立つということは、「飲む」「使う」といった目的に、コップそのものが「従属」しているということ。

平野　目的への奴隷？

西谷　そう。だからなにかよくわらない役に立たないものがあったとして、役に立たないから値段がつかない。値段がつかないということは、それ自体に価値があるってこと。そうでしょ？

平野　よくわかります。そもそも芸術ってそういうものですよね？　なにかに役立てるためにつくられるものじゃない。

西谷　そして、美的な消費の対象にならなくてもね。でも描いてしまう、つくってしまう。そういうものは、時間を超えてありつづけるわけです。太陽の塔のことを思い浮かべているんですが、だから岡本太郎がなにか本格的につくるときには、何百年後の人間がこれをどう受け止めるかってことを考えていたんじゃないかと。

平野　太郎は「瞬間瞬間」という言葉が好きでした。「オレには過去も未来もない」「この瞬間がすべてだ」と。『日本の伝統』（1956年）には、「現在のこれっぽっちのために、過去の全部を否定してもかまわない」と書いてあるし、「〝いつか〟なんて絶対にない。いつかあるものなら、かならずいまここにあるし、いまないものは将来にも絶対にないんだ」とよく言っていたそうです。

西谷　バタイユもそういうことをいつも強調していました。バタイユとつきあっていくなかで、岡本太郎もそう思うようになったんじゃないかな。

平野　このあたりのことをバタイユはどんなふうに言ってる

秘密結社「アセファル」がサンジェルマンの森で
執行した秘儀がモチーフと言われる《夜》(1947)。

んですか？

西谷　キリスト教によれば、永遠とは「時間の外」。時間を延長した結果永遠になるのではなくて、永遠は時間の外なんです。おなじように、エクスタシーも時間の外に出ること。

平野　時間の外？

西谷　そう。時間の世界は「罪の世界」であり「堕落の世界」です。アダムとイブが楽園を追放されるのは、時間の世界に落ちたってことなんですね。時間の世界は牢獄であり、そこから解放されるのが救済です。

平野　なるほど。

西谷　そこでね、時間の外って、人間の経験レベルでは「瞬間」なんです。

平野　え？　ってことは、瞬間が永遠？

西谷　そういうことです。持続の時間があって、その持続の時間を断ち切ると血のようにして永遠が吹き出る。あるいは開かれる。

平野　わー、むずかしいな。

西谷　さっきの役立つ、役立たないっていう話とおなじですよ。平野さんはきょうのこの対談をまとめてウェブサイトにあげようとしている、だからいま過ごしている時間は未来のそのときのためにある。そうでしょ？

平野　そのとおりです。
西谷　だから現在はいつも未来に——
平野　従属している！
西谷　言い換えれば、現在はつねに未来のための投資に過ぎない。
平野　ああ、たしかに。
西谷　ゆえに現在という時間はない。未来のためにあるっていうこの構造が、近代の時間の構造なんですね。すべては目的のため。平野さんの現在も未来や目的に従属している。
平野　ぼくはつねに従属状態にあるってことですね。
西谷　だけどね、じつは無意識のうちに時間を忘れて、「あっ、もう5時だ！」なんてこともある。
平野　はい、あります。
西谷　それが「現在」だったんですよ。
平野　なるほど。未来にひれ伏してない時間が現在ってことなんですね？
西谷　そう。「あっ、もう5時だ！」っていうのは〝流れない時間〟でしょ？　それが「永遠」であり、かつ「瞬間」なんですよ。「自分はいま時間を忘れているな」と思ったとき、これはもう我を取り戻したわけです。岡本太郎やバタイユが言いたかったのは、「現在しかない。つまり、時間が流れてない、持続を断ち切るこの一瞬、瞬間こそが永遠であり、ここにすべてが開かれてある」ということです。
平野　でも、その〝瞬間〟にずっとつづけるのは、まともな人間のすることじゃないですよね。だって、それではまともな社会生活を営めませんもんね。
西谷　だからバタイユはそのことを「インポッシブル」と言ってました。
平野　不可能なこと……
西谷　岡本太郎は、この現在を未来に従属させない。この現在を持続する。この現在で充足するっていうね、そういう気持ちで生きていた。少なくとも、ものをつくるときはそうだったと思う。それが永遠に開かれるということです。
平野　目からウロコです。はじめてわかりましたよ、「瞬間」っていう意味が。
西谷　時間から逃れることができないんだったら、徹底的にそれを作品のなかに放り込む。それがアートじゃないですか。

前衛を理解させるために
使い古された「言葉」を用いる

平野　太郎は前衛でありながら、つまり権力を否定する側に立ちながら、一生懸命に大衆を啓蒙してまわりました。一般向けの本をたくさん出版し、全国を講演に飛び回って、「芸術とはなにか」をひたすら説いたわけです。前衛なのに啓蒙に情熱を傾けた。これって矛盾ですよね？

西谷　でもね、前衛は啓蒙するものなんですよ。理解されるかどうかは別として。

平野　え？　でも啓蒙って体制側の人間がやることでしょう？　前衛とは居場所がちがうんじゃないかと思っていたんですけど。

西谷　ある意味ではそうなんだけど、でも啓蒙思想は、もともと王政を倒すためのものですからね。

平野　あ、そうなんだ。啓蒙って、権力サイドが大衆を隷属させるための手段だと思ってました。

西谷　いまではそんなふうに機能しているけれども、もともとは教会の権威、王の権力、そういうものに従っていちゃいけないと。それは盲目の隷従だ。理性の光で照らしてあげるから目覚めなさい……これが啓蒙です。

平野　あ、そうか。なるほど。それが啓蒙の原点なんですね。

西谷　でも民衆はなかなか理解しないし、勉強もしないと。だったら、オレたちが身を犠牲にして突っ走って状況を変えよう……これが前衛です。もともと前に出て守る兵隊（アヴァン・ギャルド）という意味ですからね。だから前衛芸術は大衆に理解されなくたっていい、突っ走るんだっていうね。

平野　はい。

西谷　だけどバタイユ、岡本太郎は前衛のエリート主義を拒否する。愚劣でどこが悪い、というわけです。むしろ上下のないコミュニケーションの衝撃が重要なんだと考えた。

平野　バタイユもひたすら社会に話しかけたりしてたんですか？

西谷　そう。ただね、一生懸命に書くんだけれど、だれにも理解されないんだな（笑）。

平野　いい話だ（笑）。

西谷　『内的体験』（１９４３年）を書いて、『有罪者』（１９４４年）を書いたけど、だれも理解してくれない。なので、今度は一般に通じる言葉で書こうと思って、社会学や経済学を取り込み、経済学に取り憑くような形で『呪われた部分』（１９４９年）を、そして社会学に取り憑くような形で『エロチシズム』（１９５７年）を書くんです。テーマもあってそれは受ける。

平野　世間的にはけっこう読まれたんですか？

西谷　だいぶ読まれたと思いますよ。60年代から70年代にかけて日本でもずいぶん読まれたしね。

平野　バタイユにしろ、太郎にしろ、一般大衆、一般社会に問いかけをつづけたのは、美術なり、社会なり、そういうものに巣食う古いカビの生えたなにかを変えたいという衝動に駆られた、あるいはオレにはそうする使命があると思い込んだから？

西谷　人がものを考えるのは、自分でそうしようと決めたからじゃない。人間って、もともと考えるようにつくられているんです。言葉ってぜんぶ人から与えられるものでしょ？自分が「日本語っていい言葉だな」と感動して習いはじめるわけじゃない。

平野　そうですね。

西谷　言葉を話せるようになると、なんらかの考えを伝えることをはじめるわけです。考えを伝えるネットワークのなかに入らない限り、わたしはわたしとして承認されないしね。

平野　なるほど。

西谷　大切なのは、自分がなにかを考えるときに、ゼロからすべてを発明するわけじゃなくて、人の言ったことをもとに考えるということ。

平野　たしかに。

西谷　バタイユは「思想とは、他人の考えをレンガのように積み上げることだ」と言ってます（『宗教の理論』１９４８年）。主張とは自分が発明するものではなくて、自分がどこかから受けとったものを組み替えながら、どうやって「これじゃまずいだろう」と言うかってことなんです。

平野　コミュニケーションの輪のなかに入っていない限り、「考える人」として生きていくことはできない。自分ひとりではなにも考えられないから。

西谷　そういうことです。

平野　そうか。なるほど。

西谷　だからバタイユは、「わたしの言葉の使い方は古典的である。つまり万人に通じるはずの言葉で書いている」と主張しています。要するに、オレはメチャクチャを書いているわけじゃないんだと。

平野　だからわかってくれよって？

西谷　そう（笑）。でもね、「自分が言おうとしていることは、たぶんみんなの理解の仕方を逆なでするようなことだけれども、でも逆なでしてでも伝えたいから、そのために古典的な言葉の使い方をしているんだ」と。もしコミュニケーション（人びととのつながり）なんてどうでもいいと考えていたら、どこかの海に飛び込んだか首を吊っていたかもしれない。ロシアン・ルーレットかな？

平野　そうですか。

西谷　生きるってことは、それも表現するってことは、人びととのコミュニケーションのある世界にいるってことですから。

岡本太郎は「表現とはなにか」を直接見せてくれた

平野　それにしても、なぜ太郎は戦後パリに戻らなかったのか、いまだにスッキリしないんです。パリ時代にはあれだけの仲間がいて、超エリート集団にいたわけだから、戻っていれば、かなりの確率で、当時の仲間たちがそうなったように、国際的な作家になっていたはず。でも太郎はけっして日本から出なかった。そしてその結果、ドメスティックな存在になってしまった。

西谷　うむ。

平野　もちろん自分で選んだ道だけど、ぼくだったら確実にパリに戻ってます。だってそのほうがぜったいに得だから。

西谷　でも話はそう単純ではないかもしれませんよ。間にまた「世界の崩壊」と言われた大戦争があって、たとえば、アンドレ・ブルトンは戦後どうなったか？　彼はもうそれを経験していたから、二番煎じとしてしか受け入れられなかったでしょう？

平野　ああ、たしかに。

西谷　20年代、30年代にブルトンがもっていたインパクトは絶大でした。でも、戦後はもう影のようになっていた。そう考えれば、岡本太郎がヨーロッパに帰っていたとしても、戦後のヨーロッパで「東洋からきた前衛芸術の代表者」になにができたか？

平野　そうですね。

西谷　太郎は日本で縄文に出合い、沖縄に出合い、メキシコに行って《明日の神話》を描き、太陽の塔をつくった。あれだけのものを遺したわけだから、まぎれもなく世界規模の作家ですよ。

平野　でも、もしパリに戻っていたらどんなふうになっていただろう？　って考えるんですよね。それを見たかった。作風もまったく変わっていたかもしれませんしね。

西谷　うん、それはわかるけど。

平野　もし縄文や沖縄に出合っていなかったら……。でも、それがなくなっちゃうと「岡本太郎」のおもしろさはなくなっちゃいますね。やっぱり日本に残って良かったのかな。

西谷　むしろここを、近代化の矛盾を抱え込む日本を、世界的な表現の場にした。それでこそ岡本太郎だと思うんですよ。

パリで、ああいう雰囲気のなかで民族学を学び、「人間にとって表現とはなにか」って、いろんなことを強烈に考えた。その延長上だと思うから。

平野　そうか。そうですね。パリに戻らなかったことも含めて30年代のパリでつくられた太郎の人格や頭脳と、ぜんぶつながっているのかもしれませんね。

西谷　わたしが思うのは、岡本太郎は「人間にとって表現とはなにか」っていうこと直接見せてくれた作家だったということ。単純にいえば、〝わたし〟という存在がここに居て、つまり世界のなかに居るわけですけど、自分が世界のなかでなにをしているのか、世界に対してどういうふうにしているかっていうこと、それを映し出すスクリーンとしてタブローをつくるわけですね。

平野　はい。

西谷　そのスクリーンに「わたしと世界」との出会いが結晶する。オブジェでもそうです。それが表現だと。そういうことを岡本太郎はやってきたんですよ。そしてそれは、ほかのあらゆるアートを見るときの基準になる。

平野　お話を伺っていて思ったんですけど、世界のなかに、いまこの瞬間、生きている〝わたし〟っていうのは、もちろん職業画家だけでなく、すべての人間のことですよね？

西谷　そうです。

平野　あらゆる人間としてのわたし、いろんなわたしが世界と向きあう。世界のなかでいまこうあるっていうことを映し出すスクリーンが作品と呼ばれるものであるならば、その作品をつくるべき人間は、職業画家だけではなくてすべての人ということになる。

西谷　まさに、そういうことです。

平野　それこそ太郎が言っていることです。「すべての人が絵を描かねばならない」「生活そのものが芸術だ」「だれもが芸術家なんだ」って。芸術を、いま西谷さんが話されたメカニズムとして考えれば、まさに太郎が言っていることそのものですよね。

西谷　ただ、ひとり一人の人間は、「明日どうしよう」「仕事、転職しようかな」なんて、そういうことを考えて日々、現在を従属させて生きていかなければならないわけで……

平野　もちろんぼくだってそうです。

西谷　でも、それじゃ絵なんて描いていられない。そうでしょ？

平野　おっしゃるとおりです（笑）。

西谷　でもそういう人たちのなかにも、瞬間瞬間、過ごされていく現在があると。そして、その現在を浮き立たせる表現というものを「だれ」がやるのかということです。岡本太郎は、その「だれか」をやった。

平野　ああ、なるほど。

西谷　ほんとうは万人が絵を描くことをすればいい。みんながやるんだと。けれども実際には、我々が生きている、この罪を背負った世界のなかで、ひとり一人の人間にはそれができない。

平野　太郎はこうも言っています。描かなくたっていい。絵を見て「ああ、いいな」と思うだけでいい。それだって創造なんだと。なぜなら「ああ、いいな」と思う人がいてはじめてその絵に意味と価値が生まれるのであって、見る人がひとりもいない状況で、絵そのものに絶対的な意味や価値があるわけではないから。見ること、感じることも創造だって言うんです。

西谷　表現ってこと自体が共同的ですからね。つまり岡本太郎が描いた。だけどだれにも見られなかった。それではなんの意味もない。だれかが見て、「いいな」っていうこの感じ、この出来事がその絵を生かす。それが共同性です。それがアートを成り立たせているものなんです。

平野　支えているのはコミュニケーションですね。

西谷　コミュニケーションでその都度、喚起される。そして、それこそバタイユが追い求めたものだといってもいい。わたしだって、きょうのような機会がなかったら岡本太郎について話す機会はないでしょう。でもバタイユを読んでずっと考えてきたことがあって、平野さんから岡本太郎がこういうこと言っていたって聞くと、わたしのなかでバタイユが喚起される。「ああ、そうだよね」となる。

平野　太郎と西谷さんは、ともにバタイユが体内にあるからだろうけど、お話を聞いていると、まるで太郎本人から聞いているように感じるんですよ。いままで感じたことのない感覚。まるで……イタコです。

西谷　ハッハッハ！（爆笑）。

平野　あたらめて太郎の根っこはバタイユなんだと痛感しました。

西谷　おそらくバタイユみたいなとんでもない人に会って、共鳴して、突っ込んでいくような資質が岡本太郎にはもともとあったんだろうし、バタイユの存在が太郎の表現行為に朝鮮ニンジンのような栄養になったんだろうと思いますね。

平野　けっきょくバタイユって、どこがいいんだろう？　どこがカッコいいんですか？　おそらく先生が感じておられることとおなじようなことを太郎も感じて惹きつけられたんだろうから。

西谷　そういう意味でいえば、じつはぜんぜんカッコよくないですね。たぶんカッコいいから惹かれたんじゃなくて、人間ってほんとうにいろんなことを考えながら生きているわけだけど、その生きるってこと、考えるってことにこれほどラジカルな奴がいるなんて、と思って吸い寄せられるんじゃないかな。

平野　憧れていたっていうのとちょっとちがうのかな？

西谷　磁力のように魅せられるんですよ。わたしなんかからすると、「一番いいところまで行っている」っていうか……

平野　一番いいところ？

西谷　わたしは、若いころ流行っていたサルトルや、それにマルクスをくっつけた実存マルクスみたいなものがイヤでイヤで。そんなときにバタイユを知って、「これだ！」と思ったんです。

平野　へえ。

西谷　バタイユだけじゃなくて、ブランショとセットだったんですけどね。

平野　どうして「これだ！」と思ったんです？

西谷　ものの言い方や考え方が一番ぴったりきた。これだったら信用できると。

平野　信用できる……なるほど。その感じはよくわかります。太郎もきっとそれだな。本物だと思ったんだ。

西谷　そうするとバタイユは「本物なんてない」って言うんですよ（笑）。

平野　おー、いいじゃないですか（笑）。

西谷　でも、そういう奴じゃないと本物じゃないんですよね。

平野　たしかに！　太郎は「コントル・アタック」※の集会でバタイユに出会って、その日のうちに惹きつけられたみたいですよ。

西谷　それはもう、「コントル・アタック」は政治感覚と美的感覚が混在するような運動だったからね。

平野　演説を聞いてシビレたらしいんです。集会が開かれたのは、のちにピカソが《ゲルニカ》を描くことになる屋根裏部屋です。

西谷　それはわたしも聞いてみたかったな。晩年のラジオ放送は聞いたことがあるんですけど、そのころは喋り方がちょっとね。きっと「コントル・アタック」のときはなにか稲光を取り込んだように喋っていたんだろうな。

（2019年7月29日）　※バタイユが結成した政治組織。

たぶん多くの人が
気づかないような日常を
ピックアップしているんだと
思います。

No.07 KATAN

カータン

元外資系航空会社の客室乗務員。2児の母。ブロガー。日常の出来事や妄想をオリジナリティあふれるイラストで綴る「カータンBLOG」で人気を博す。両親とのつきあい方を記した書籍『健康以下、介護未満 親のトリセツ』を出版するなど、さまざまなメディアで活躍中。

平野　カータンさんのブログ、味のあるイラストですよね。これは人気があるだろうなと思いました。カータンさんって、本業は？

カータン　主婦です。主婦でブログを書いているので、主婦ブロガーなんて呼ばれてますけど。家族のこととか日常生活であまり人が気づかないようなことを広げて書いています。

平野　どのくらいの頻度で書いているんです？

カータン　毎日です。

平野　えっ、毎日!?

カータン　毎日だいたいイラストを20枚くらい描いて。他の人はどんどんデジタル化しているんですけど……

平野　デジタルは使わない？

カータン　うまく使えないっていうのもありますが、色味がおなじようになっちゃうのがイヤなので、ペンで描いています。

平野　それじゃ、イラストを描くだけで1日終わっちゃうじゃないですか。

カータン　はい、終わります（笑）。

平野　ぼくはブログもツイッターもフェイスブックもやったことがなくて、そっち方面にはいっさい土地勘がないので教えて欲しいんだけど、そもそもブログって、なんのためにやってるんですか？　公共サービスみたいな感じ？（笑）

カータン　わたし、もともと物書きになりたかったんです。昔は出版社に原稿をもち込んで、編集の方に見てもらって、採用されてはじめて出版できる、みたいな感じでしたでしょう？

平野　絶望的なほどハードルが高かったですよね。

カータン　でもブログっていうツールができて、それならわたしでも発表できるって思ってはじめたんです。

平野　ああ、やっぱりモチベーションは「表現」なんだ。

カータン　高校時代、授業中によく手紙を回していました。下手なんですけど、絵を描くとみんながおもしろいって言ってくれて。それでずっと描いていたんです。

平野　ずいぶん前になるけど、「これからはインターネットの時代だ」なんて言われていたころ、殺し文句のように「ひとり一人が出版社や放送局になる」みたいなことが喧伝されていたけれど、まさにそれを地で行くような話ですね。

カータン　そうかもしれません。

平野　この歳になると、たいていの人種には会ってるものだけど、「主婦ブロガー」ってはじめてなんで、すごく興味があって。

カータン　（笑）

平野　イラストもチャーミングだし、文章もおもしろいけど、なによりすごいと思うのは、毎日書いているということ。月刊誌の連載でさえしんどいのに、毎日っていうのは驚異的で、脱帽するしかありません。

カータン　恐縮です（笑）。

平野　どういうきっかけではじめたんですか？

カータン　いま大学生の娘と小学校5年生で8歳離れた下の子がいるんですけど、その子が1500gで生まれたんですね。母子ともに生きるか死ぬかで、4ヶ月ぐらいの入院生活を経て授かったんです。その経験を、高齢出産だったり、小さい赤ちゃんを産んだ人たちに伝えたいと思ってはじめました。

平野　なるほど。

カータン　わたしそのとき39歳で、ちょうど40になる年だったんですけど、物書きになりたいという夢を捨て切れないまま大人になって、苦しかったんですね。それで、1年間がむしゃらにやって、それでもだれにも読んでもらえなかったら、新聞の読者コーナーに投稿する趣味の人になろうと思って。

平野　下の子はまだ赤ちゃんだったわけでしょ？

カータン　8ヶ月くらいで、乳飲み子でした。なので、睡眠時間2時間くらいの1年間を過ごしました。

平野　すごい話だなあ。

カータン　夫も「産後にそんな大変な思いをして、体を壊したらどうするの？」と言いましたが、40年間の最後1年間だけ、思い切りやって燃え尽きたいって。

「由美かおる」でブレイク

平野　意を決してブロガーになったカータンさんですけど、いまの話を聞く限り、戦略も戦術もなく、ただひたすら自分がやりたいことを世の中に吐き出しただけってことですよね？

カータン　はい。

平野　でもそれが結果としていまの成功につながった。なぜだと思います？

カータン　う〜ん、どうしてだろう……？

平野　おなじことを考えている人はもちろん、じっさいにやっている人もきっと山ほどいるでしょう。でもほとんどの人は自己満足のレベルで終わってしまう。そんななかでカータンさんは世の中に支持された。

カータン　ありがたいです。

平野　ただしそれはマーケティング思考の産物ではない。そんなことを考えていた気配はまったくないもんね（笑）。けっきょくなにが良かったのか、自分で思い当たることはありませんか?

カータン う〜ん、なんでだろう? そういえばわたし、小さいときから「なんでそういうものの見方をするの?」ってすごく言われてました。

平野 ああ。

カータン 友だちとおなじものを見ても、感じ方がちょっとちがったりとか。さっきも太郎さんのアトリエに入ったとたんに涙があふれそうになるみたいな。たとえばお芝居を見に行っても、幕が上がったとたん、それがどんなお芝居でも涙が出るんです。

平野 どういうメカニズムなんだろう。

カータン それをつくってきた人たちの魂みたいなものを感じて。『シン・ゴジラ』を見に行っても涙が出ちゃうんです。

平野 『シン・ゴジラ』で泣くの? (笑)

カータン はい。

平野 主婦の日常を描いてもどこか目線がちがっていて、そこがおもしろいって共感されるのかな?

カータン そうかもしれないです。

平野 ブログを見ている主婦たちからすると、カータンさんの目線がすごく新鮮で魅力的なんでしょうね。自分のすぐ近くにあるものや出来事なのに、カータンさんというフィルターをとおることで、隠れていた別の面が見えてくるっていうか。

カータン たぶん多くの人が気づかないような日常をピックアップしているんだと思います。

平野 なるほど。

カータン ブログをはじめたとき、夫にも言わなかったし、友だちにもだれにも言わなかったんです。「見てね!」みたいなことを言ってアクセスが上がっても、それは実力じゃないから。

平野 ほんとうに実力があれば、かならず読者が現れるはずですからね。

カータン そう思っていたので、主婦の口コミでじわじわアクセスが増えていったときにほんとうに嬉しくて。

平野 そうでしょう。

カータン そのきっかけとなった記事のひとつに「由美かおる」っていうのがあって。

平野 由美かおる?

カータン お風呂に入ったときに、手桶で体にお湯をかけることを「由美かおる」と名づけて、「あなたも由美かおる、わたしも由美かおる」みたいのを書いたんですよ (↓P113)。

平野 くだらねー (笑)。

カータンのチャーミングなイラスト。ブログをはじめた動機をストレートに表明している。

カータン　そうしたら、回り回ってわたしのブログを知ってくれた友だちが、「無印（良品）に行ったら主婦が『あ！　由美かおる、売ってるよー！』なんて話してた。こんなところまで来てるんだなって思ったよ！」って。

平野　毎日ネタを書くわけでしょ？　こういうことを書けばウケるだろう、みたいなことは考えるんですか？　それともまったく考えない？

カータン　最初のころはまったく考えていませんでした。でも最近は、日常からネタを拾うときに「いまこれを書いたらきっとわかってくれるんじゃないか」みたいなことは考えます。

平野　なるほど。

カータン　たとえば子育てで大変だっていうのを書いたら、おなじ境遇の人にも共感してもらえるなとか。

平野　表現者はだれしも、自分のなかに「これをやりたい」「これを世の中にぶつけたい」っていう思いがある。美しく言えば、使命感、価値観、問題意識……で、はっきり言えば「欲望」です。モチベーションを支えているのはこの種の欲であり、それを失ったらやっていけない。

カータン　はい。

平野　でも、だからといって、だれにも見てもらえないものを黙々と積みあげても意味がない。表現ってコミュニケーションのためにあるものだから。

カータン　そうですね。

平野　そこで、どうすれば相手の期待や意向に沿えるかを考える。それがマーケティングです。でも相手の言うがままにあわせるだけの〝御用聞き〟では、力のある表現にはなりません。そのあたりのさじ加減というか、バランスをとらなきゃいけない。

カータン　わかります。

平野　これはあらゆる表現者に共通する課題で、とてもむずかしい問題です。

カータン　わたしの場合は、わたしの思いを聞いてもらいたいとかはあまりないんですけど……ただ絶対に笑わせたいっていうのはあります（笑）。

平野　すごくいいと思う。それはマーケティングじゃなくて、カータンさんの美意識だからね。どんなジャンルの表現者であれ、かならずいま言ったふたつの側面があるけれど、ぼくは美意識や世界観を守ろうとしている表現者のほうが強いと思う。

うちの娘には海のなかが
ああいうふうに見えたんだ

平野　カータンさんは万博記念公園には行かれたことありますか？

カータン　それがないんです。

平野　ああ、それは行かないとダメですね。とくにこどもには太陽の塔を見せたほうがいい。ああいうわけのわからないものは、こどものうちに見せておかないと。

カータン　太陽の塔ってまさに太郎さんがおっしゃる芸術ですよね。なんだかわからないけど魅かれるのが芸術だっておっしゃっているでしょう？

平野　美術の授業でルノワールを習うときってロジックでしょ？　「こういうところに特徴があって、こういうところが素晴らしい」っていうのは論理だから。

カータン　ええ。

平野　つまり言語で、左脳で理解させているわけですよね。もちろんそれはそれで大切なことだけど、それだけではやっぱりダメで、直感する、体感するってことが大事なんですよ。作品の圧を肌で感じるっていうか。

カータン　わかります。

平野　だけど教科書の小さい写真じゃそうはならない。こどもは強烈なものに揺さぶられる体験をしないとね。

カータン　こどもと一緒に絵を見ていても、きれいな絵は「ほんとにきれい！」で終わっちゃうけど、いったいなんなんだっていうものがある作品のほうが食いつきやすいですよね。

平野　なんだかわからないだけじゃなくて、単純に「でかい！」みたいな体感的なインパクトを経験させたほうがいい。もちろん太陽の塔もそうだし、この近くで言えば、渋谷の《明日の神話》もそうだし、川崎の岡本太郎美術館にある《母の塔》もそう。ともに30ｍあります。

カータン　大きいですね。

平野　《母の塔》も、やっぱりなんだかわからない。そういえば（岡本）敏子が嬉しそうに話してくれたんだけど、ダウン症の子をもつ母親から手紙をもらったらしいんですよ。そこには「なんに対しても興味を示さず無表情だった子が、《母の塔》を見た途端、嬉しそうに走っていって、足元に抱きついて離れなかった。あんなに生き生きとしたわが子の表情は見たことがない。幸せでした」と書いてあった。「そういう子にも、いや、そういう子だからわかるのよ」と敏子が言ってました。本来、芸術は理屈じゃなくて皮膚感覚で感じるものですからね。

カータン　そうですよね。

平野　その意味で、太陽の塔は抜群なんですよ。なるべくこどもが小さいうちに見せたほうがいい。

カータン　そういえば、美術をやっている人に太郎さんが「なぜ、あなた方はうまく描こうとするのか。かまわないから、どんどん下手に描きなさい」と言っているでしょう？　わたし、それにものすごく感動して。

平野　背中を押された感じ？

カータン　芸術に限らず、すべてにおいてつながってるなって思ったんです。

平野　太郎の考える芸術とはテクニックではない。絵を描くスキルを芸術とは考えていなくて、太郎にとって芸術とは、言ってみれば「態度」のことなんですよ。自分はなにを思い、なにをするのか？　どうやって生きるのか。それが芸術だと。

カータン　ああわたし、なんか、泣きそう。

平野　いまカータンさんは、自分が描いているものをたんなる主婦のお絵かきだと思っているかもしれないけど、そうじゃない。創作態度が芸術なら芸術なんです。絵柄がふざけているからサブカルってわけじゃないんですよ。

カータン　うちの娘は絵が苦手で、幼稚園のときもある意味ユニークな絵を描いていたんです。でも小学校にあがるとみんなどんどん技術があがっていきますでしょ？

平野　技術はね。

カータン　それであるとき海の絵を描く課題を与えられて。小学校３年の授業参観でその絵が廊下に飾られていたんです。

平野　うん。

カータン　みんなすごく細かく色とりどりの魚や海の様子を描いているんですけど、うちの娘だけ魚ドーンみたいな。周りの方もバカにしてるわけじゃないんだけど、あきらかに実力がちがうっていうか……「ユニークな絵ね」って。みんな年齢があがってきて細かい描写ができるようになっていくなかで、うちの娘は魚ボーン。だけどわたしは太郎さんの本を読んでいたから、「それでいいんだ、うちの娘には海のなかがああいうふうに見えたんだ」って。

平野　そのとおりですよ。小さいこどもが描く絵は、カエルが黄色かったり、魚に足が生えていたり、車が空を飛んでいたりするでしょ？

カータン　はい。

平野　それを見た大人たちが「○○ちゃん、魚に足はないでしょ？　よく見てごらん。カエルは黄色じゃないでしょ」と。そうやってだんだん大人に褒められる＝いい点がとれる絵を描くようになっていく。

カータン　そうですね。

平野　敏子は「冗談じゃない！」といつも怒ってましたよ。それを描いたとき、こどもの眼にはちゃんと足が見えていたんだ。だからそう描いたんであって、その子にとってそれこそがリアルなんだと。「それを頭ごなしに叩き潰すなんて、許せない！」って。

カータン　みんな小さいころは思うままに描いていたのに、高学年くらいになると周りから「そうじゃないよ」って言われますものね。

平野　「こういうのが上手な絵なんだよ」「こうしないといい点数はとれないからね」と〝指導〟される。だんだん型にはめられ、歪められていくんです。

カータン　はい。

平野　どうすれば大人が、先生が褒めてくれるか、こどもは一生懸命考えますからね。こどもは純粋だなんて大ウソで、みんな大人の顔色を伺いながら、必死に計算してますよ。いい点をとったヤツの絵が「上手な絵」で、その反対が「下手な絵」。この虚しい基準が絶望的なほど刷り込まれてしまう。

カータン　点数が悪いと親に叱られますしね。

平野　で、けっきょくそういう子は絵を描くのが嫌いになる

そ…そうだよねって

私…
水道代が余りにも
すごいから…
今じゃすっかり
由美かおるよ〜

えーっだったら

んです。せっかく楽しく、みずみずしい絵を描いていたのに、描くことが嫌いになって描かなくなる。こんなバカなことがありますか？

カータン ほんとうに。

平野 だからカータンさんはお子さんのそういうところを絶対に潰しちゃダメです。

カータン そう思いました。ほんとうに絵が下手で……なんか肘が逆に曲がってたりするんですけど（笑）。

平野 いいんだって！ それがお嬢さんにとっての真実（リアル）なんだから。

カータン ありがとうございます。なんか、すごく感動しました。

平野 いや、ぼくが言ってるんじゃなくて、太郎と敏子が言ってる話ですからね（笑）。

創造的に育てることが、こどもの利益になる

カータン 太郎さんが美術の先生とか美術教室みたいなのを開いたら、こどもたちはほんとうに楽しいでしょうね。いろいろな才能を引き出したりして。

平野 よく太郎はこどもの絵の審査員をしていたみたいですね。

カータン 素敵。

平野 でも選べなかったらしいんですよ。ぜんぶがよく見えちゃって。

カータン わかる！

平野 いくら考えても決められなくて、けっきょく、「ダメだ。みんなにグランプリをやってくれ」って。

カータン （笑） 太郎さんらしいエピソードですね。

平野 ぼくは世の母親にこそ太郎の本を読んで欲しいと思っているんです。かならずこどものためになるから。

カータン ええ。

平野 いままでは優等生が得をする社会だったけど、これからはかならずしもそうじゃない。日本は創造力で食ってかなきゃならないからです。どんな職業であれ、求められる人材は例外なく「創造的な人」「創造力のある人」です。お母さんは、そういう子に育てないとダメなんですよ。

カータン はい。

平野 自分が受けたのは、言われたことをキチッとこなす教育だったかもしれないけど、その価値観がこのままずっとつづくと考えるのはまちがいです。

カータン こどもを創造的に育てることが、こどもの利益にな

るんですね。

平野　けっきょく親がどれだけ腹をくくれるかっていう話かもしれないな。

カータン　世の中の基準から離れるのは、やっぱり怖いですものね。

平野　いろんなことを無理に押しつけなきゃいいんですよ。太郎だって算数なんかまったくできなかったんじゃないかな。

カータン　そうなんですか？

平野　いや、知らないけど（笑）。ただ、財布はもってませんでしたね。

カータン　顔がクレジットカードだったんですね？

平野　よく銀座で飲んだらしいけど、もちろん請求書はちゃんと敏子のところに届くわけです。けっこう大変だったみたいですよ、支払いが。でも、「先生がそれで嬉しいんだから、いいのよ」って、苦労して払ったらしい。もちろん太郎はいっさい知りません。

カータン　敏子さん、すごいですね。

平野　フランスから友だちが来たとき、銀座に連れていって、すごくビックリされたらしいです。手ぶらで行って、請求書も見ずに「じゃあ！」って一銭も払わずに帰るのが許されるのは、フランスでは貴族だけらしい。

カータン　（笑）でも今日はすごくいいお話ができました。ピアノが得意だったらピアノをバンバン弾かせてあげればいいのに、ピアノ教室の次は水泳、水泳の次はテニス……って、どれだけ欲張りなんだって思いました。

平野　そうね。

カータン　そんなことをやっていたら才能は育たない。きっと天才的な人って、親が与えてるって言ったら変ですけど、無理矢理やらせるんじゃなくて、遠くから見守っているんでしょうね。

平野　太郎は、あれやれ、これやれなんて、いっさい言われていません。それどころか、一平・かの子はこどもの太郎を対等な存在として扱った。

カータン　ステキ！

平野　親が偉かったって話じゃないにしても、あの親だったからっていうのはあると思いますよ。太郎は一平から絵の手ほどきを受けたわけではないし、かの子から文章の書き方を教わったわけでもない。テクニックはなにも学んでいません。

カータン　はい。

平野　ただ唯一、人生観を受けとった。自分の信念だけを羅針盤に生きていく、という生き方です。「人にどう見られるか」「世間からどう評価されるか」は考えない。自分の針路

ブログというメディアで成功したカータン。"プロ"としての教育や訓練をいっさい受けず、独自の作法を編み出した。

を決めるときに、他者の眼をベンチマークにしない、ということです。それはそのまま太郎の「芸術」です。両親から言葉でそうしろと言われたわけじゃないけど、ふたりを見ていて自然のうちに体得した。それが岡本太郎をつくったんです。

(2017年10月16日)

生命って激烈にスパークしている。太郎さんはそうした生命の炎を見ぬいていたんだと思います。

N°08 TOSHIRO INABA

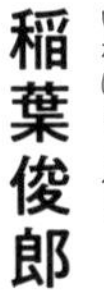

１９７９年熊本生まれ。医師、医学博士。東京大学医学部付属病院循環器内科助教（２０１４〜２０２０年）を経て、２０２０年４月より軽井沢病院総合診療科医長、信州大学社会基盤研究所特任准教授、東京大学先端科学技術研究センター客員研究員、東北芸術工科大学客員教授を兼任（山形ビエンナーレ２０２０芸術監督就任）。在宅医療、山岳医療にも従事。未来の医療と社会の創発のため、あらゆる分野との接点を探る対話を積極的に行っている。単著『いのちを呼びさますもの』（アノニマ・スタジオ）、『ころころするからだ』（春秋社）、『からだとこころの健康学』（ＮＨＫ出版）など。

稲葉　『レオナルド・ダ・ヴィンチの手記』っていう本があって、水の研究の記述が多く書かれています。なぜダ・ヴィンチが水を研究していたかというと、滝壺もそうですが、水が流れ落ちるときに渦状に、水は螺旋の形になりますよね？

平野　はい。

稲葉　水の螺旋同士がぶつかりあったときに生まれるエネルギーが、自然界の本質だろうと直感していたのでは、とぼくは受け取りました。

平野　なるほど。

稲葉　螺旋がぶつかりあうことでエネルギーが増幅されていく。そこで生まれたエネルギーが創造の源になる。水を介してそのことを研究していたんじゃないかと。

平野　じっさいに医療に携わっていて、螺旋的な動きや形を意識する場面ってあります？

稲葉　ありますね。生命の遺伝情報を運ぶＤＮＡが螺旋なのは有名な話ですし。ぼくは人間の生命のありようを螺旋のイメージで捉えているんです。

平野　あ、そうなんだ。

稲葉　たとえば、ここに置いてあるコップは、力を加えていないので止まっています。だけど、右から強い力で引っ張り、同時に左からも強い力で引っ張っても、おなじように止まって見える。

平野　おなじ力で引っ張っていれば、とうぜん動きませんよね。

稲葉　でも綱引きとおなじで、その内部には潜在的なエネルギーが隠れている。少しでも左右のバランスが崩れたら、パーンとどちらかに飛んでいってしまいます。

平野　はい。

稲葉　生命とはそういうものではないかとぼくは考えているんです。人間が生きているということ、すなわち命とは、「生きる」という強いエネルギーと「死ぬ」という強いエネルギーが両側から引っ張りあい、せめぎあっているんじゃないかと。そのようすが螺旋の渦がぶつかりあうイメージと重なって見えるんですよね。滝や川の水流、水道の蛇口から出る水をぼんやり見ているだけでもそんな感じがして。

平野　そうか。ふだんは〝生きるエネルギー〟がわずかに勝っているから、寿命が尽きるまで回りつづけていられるけど、じつは逆のエネルギーもたえず作用している。

稲葉　人間の生命の源は螺旋を描く渦状のエネルギーがぶつかりあっているんですよ。逆回転する渦が交わってエネルギーを打ち消しあったり、逆に増幅しあったり、生きている限りその関係をつづけている。そうイメージするとしっくりきます。

平野　うん、なんとなくわかる。

稲葉　「死」って、ふだんは隠れているけど、ある意味では生命の強いエネルギーだと思うんです。多くの人は生命がつねに「死」へも引っ張られつづけているってことを忘れている。芸術は、その両方をこそ表現しようとするものですよね。だから、場合によっては芸術作品に死のイメージを強く感じることがある。

平野　なるほど。

稲葉　だけどぼくは、それがむしろ生命の本質なのだと思う。「生きる」と「死ぬ」がグイグイと拮抗してせめぎあっている。遠くから見るとそれはただの水の流れのように見えても、じつは螺旋の渦が入り乱れている。でも、生きている限り、だれもが少しだけ生きるほうへと引っ張られつづけている。だから、いま生きているんです。

平野　「いのちの螺旋」の話でいうと、太陽の塔の内部は下から上にあがっていくとき、最初は螺旋状にのぼっていきます。

稲葉　たしかにそうですね。

平野　わざわざそうしている。途中からは折り返しのエスカレーターになるけど、おそらく太郎は《生命の樹》の周りを螺旋状にのぼらせたかったにちがいない。でも空間にそれを許すだけのスペースがなかったから、やむなく諦めたんじゃないかと思うんですよ。

稲葉　そうかもしれませんね。螺旋の動き、スパイラルで上昇していく強いイメージとビジョンをもっていたとぼくも感じます。

平野　「生命(いのち)にはもちろん螺旋だろ？」と思ったのかな。

稲葉　《生命の樹》って、文字どおり「樹」でしょう？　植物の形態はやっぱり螺旋ですよね。

平野　あ、そうか。太陽の光を求めて螺旋状に葉っぱがついていくわけですもんね。

稲葉　太陽エネルギーを全員が平等に受け取るために、自ずと螺旋の形になる。自然の摂理って言うのかな。《生命の樹》をのぼりながら自然や宇宙を貫通するメカニズムとひとつになって欲しかったのかもしれませんね。

平野　太陽をみんなで分けあっている。だれも一人勝ちできないし、独り占めできない。

稲葉　きっと太郎さんなりに、自然や植物を観察して生命の本質をつかんでいたんじゃないでしょうか。宇宙空間を貫通してやってくる太陽の光をパラボラアンテナみたいに一身に受けとめようと思ったからこそのデザインだと思いますね。

太郎が血肉化していると語る稲葉俊郎。「優れた芸術は医療である」との信念から、両者をつなぐ取り組みを模索している。

平野　おもしろいな。生命って回転運動なんだ。

稲葉　自然の法則がそうさせるんでしょうね。

平野　うん。

稲葉　たとえば、心って眼に見えませんよね？　怒りとか悲しみとか嬉しさとか楽しさとか……そういった感情も眼には見えません。

平野　はい。

稲葉　でもきっと、悲しみとか楽しみとか恨みとか喜びとか、そういうものが渦のように螺旋状に衝突しながら、互いを主張し尊重しあいながら生きている。

平野　ああ、そうかもしれない。

稲葉　人間の感情って、ぜんぶ必要なんだと思うんです。ネガティブとされる感情、怒りや怖れや悲しみなんかもね。だからこそ楽しみや喜びも深まるわけですから。

平野　心の生態系みたいなものかもね。

稲葉　心の自然に反すると、バランスが崩れて病として表に顔を出す。ぼくら医療者は、その人が見落としてきたもの、ほんとうは大切なことなのにないがしろにして無視してきたもの、を拾いあげてテーブルの上に置いてもう一度尊重してみる、ということをやっているんじゃないかと思います。

平野　相反するものがぶつかりあうからこそ、生命のエネルギーが高められていくっていうのはすごくよくわかる。

稲葉 太郎さんの言葉では「対極主義」ですね。ああいう表現を、ぼくはぜんぜん突飛だと思いません。太郎さんはぶつかりあうことを大切にされていましたよね？

平野 対極がぶつかりあう火花のなかにしか可能性はない。矛盾を総合するな、安易なカクテルをつくるなと。

稲葉 そういうことですよ。生命って、やっぱり激烈にスパークしているものだと思う。表面的にはスムーズでスマートに見えても、心や身体のなかではぶつかりあい、衝突しあい、火花を散らしている。太郎さんはそうした生命の炎を見ぬいていたんだと思います。

平野 でも、そう考えていくと、人間がやっていることって、やっぱり矛盾しているような気もするなあ。たとえば自然治癒力ってあるでしょ？ 免疫もある。それって生きようとするメカニズムですよね？

稲葉 はい。

平野 人間はそうやって生きるために全力を尽くす。それがもって生まれたミッションなのだと思いきや、いきなりガン細胞ができたりする。それって死に向かうベクトルでしょう？ つまり一方で生きようという強い意志をもちながら、もう一方で死ぬためのメカニズムを準備する。どう考えても矛盾ですよね？

稲葉 生きる力、死ぬ力、両方で引っ張りあっているからこそ生きつづけているんですよ。生命が誕生した瞬間から、相反するふたつの力が働きつづけている。ただ、なぜか死を隠そう、避けようとするから、実像が見えなくなっているだけで。でもほんとうは、生の力と死の力がなければ「いのち」は成立しえないと思います。

平野 「生と死」って、観念的にはわかるけど、「死」にはあまり実感がない。じっさい直接死に触れる機会ってそうはないし。

稲葉 そうですよね。

平野 最近父を亡くしたんですが、死を身近に感じたのはほんとうに久しぶりでした。もしかしたら何十年に一度かもしれない。

稲葉 そうなってしまいましたね。

平野 いまや死は「非日常」の代表格と言っていいんじゃないかな。

稲葉 統計上では、死に場所として病院死が在宅死を上回ったのが１９７６年です。１９５０年代は在宅死が80％くらい。病院という仕組みが普及するなかで、１９７６年に逆転して、２０００年には80％以上が病院死になりました。

平野　昔の映画では家で亡くなるシーンがごく自然なものとして描かれている。人はみな家で亡くなるものだったわけですね、いまでは考えられないけど。
稲葉　小津安二郎の映画にもそうした日常が映し出されていますよね。死に場所や生まれる場所の変化、そうしたこともいろいろな歪みを生む温床になっている気はします。

死を悟った瞬間、周りの空間も軽くなる

平野　人は死ぬ瞬間に「あ、オレ、死ぬな」ってわかるものなんですか？
稲葉　わかるんじゃないかと思いますよ。相手の顔つきや雰囲気を感じていると、死期を悟ったことは生々しく伝わってきます。ぼくは大学病院に勤務していますけど、在宅医療もやっていて、往診もしているんですね。
平野　はい。
稲葉　定期的に何年間も診ていると、人が生死を超えた別のフェーズへ移動する瞬間がわかります。死の深層を悟ったとき、とでも言えばいいんでしょうかね。
平野　へえ。
稲葉　その人が70年80年と背負ってきたすべてのものをおろした瞬間、周りの空間も軽くなるような感じがする。死期を悟った人の顔つきは、わかります。
平野　やっぱりわかるんだ。よかった！　死ぬ瞬間がわかると知って、ちょっと安心しました。そこがぼくの人生設計のクライマックスなので。
稲葉　どういうことですか？（笑）
平野　人生には良いこともあれば悪いことも起こるし、なにが勝ちでなにが負けかみたいなことだって、わからないじゃないですか。
稲葉　どこで区切ったかっていうだけの話ですからね。ここで区切れば栄光で、ここで区切ると挫折ってだけですよね。
平野　けっきょく勝負は死ぬ瞬間だろうと思うんですよ。「あ、オレ、死ぬな」と悟る瞬間が訪れたとき、真っ先に考えるのは「まだ死にたくねー」ってことかもしれないけど、そのときに「オレ、死ぬけど、アレができたから、まあいいか。アレをやれたんだから、オレの人生もまんざら捨てたもんじゃなかったってことだよな。うん、まあいいや、死んでも」と思えたら、人生勝ちだと。
稲葉　すごくよくわかります。すべての人生にYesと言う。
平野　そのとき思い浮かべる「アレ」って、そんなにたくさんは要らないと思うんですよ。２つ３つあれば充分。それが

ぼくの人生の目標です。でも、「オレ、死ぬな」っていう瞬間がわからないと、このプランは成り立たないでしょ？　だからさっき大丈夫と聞いて安心したわけです。

稲葉　（笑）そういえば、いわゆる臨死体験は患者さんからよく話を聞きますよ。

平野　あ、そういうのってやっぱりあるんだ。

稲葉　心臓を専門にしているので、一度心臓が止まって、ほとんど死んだ状態から蘇生処置で生き返った人を多く診るんですね。自分の仕事がまさにそうしたことの連続が日常なので。その瞬間にどういう体験しているのか、興味湧きませんか。

平野　おお、それはぜひ聞きたい！

稲葉　相手が自分からしゃべってくれることもあります。まさに昨日の外来でも、患者さんがとつぜん臨死体験のエピソードを話しはじめたので驚きました。みなさん、すごく貴重な体験をされています。共通体験としては、やはり川を境界線として語る人が多いですね。

平野　「三途の川」だ。

稲葉　日本人の表現では川が多いですね。川が流れている。あたり一面に花が咲いていていて美しい。川の向こう側に行きたいんだけど、行ってはいけないような気もする。そこで迷う、とか。

平野　なるほど。

稲葉　向こうから手招きしている人がいる。自分の先祖のようで知った顔だから行こうと思ったら、背中をグイっと引っ張られて、「嫌だー、向こうに行くんだー」と思ったら眼が醒めたとか。川の向こうは光にあふれていて、あんなに美しい世界はなかった、とか……。そういった話を自発的にされるんですよ。きっとだれかに話したいんでしょうね。

平野　へえ。

稲葉　「そのとき、この世のすべてがわかったような気がしました」という人もいます。「だけどすべて忘れました」とも言います。

平野　（笑）

稲葉　もしかしたら、人間って、ほんとうはすべてわかっているけど、たんに取り出す方法を忘れているだけかもしれないんですよね。新しい発見といわれるものも、きっと取り出す方法をこそ発見したのかもしれない。

平野　おもしろいなぁ。

稲葉　言い換えれば、「学ぶ」という行為は「思い出す」ことなのかもしれません。勉強って外から注入されるイメージで捉えられやすいけれど、じつは思い出すきっかけを学んでいるだけなのかもしれない。

平野　身体のなかにはいろんな情報が、それこそ生け簀のなかの大量の魚みたいにあって、それを釣りあげていくようなことかな？

稲葉　問いも答えもすべてそろっていて、その大海に釣竿を垂らして釣りあげている状態が近いでしょうね。だって、自然も宇宙もつねにすぐそこにあるわけですから。おもしろいことに、そうした「すべてを知っていた」という経験をされた方が、みなさんすごく向学心がわくみたいなんです。「わたしはいまイチからこれをはじめています」「外国語を習いはじめました」とか。

平野　へえ。

稲葉　こどもの好奇心ですよね。知りたい、学びたい、すべてが新鮮でおもしろい。この世界のすべての手触りに触れつづけたい、と、純粋で高貴な好奇心で、人生に熱中するんです。

芸術体験こそが医療の質を高める

平野　稲葉さんは「医療がほんとうに大切にしなければならないのは、生きることの質だ」と言っている。裏返していえば、ともすれば質より量に目が向きがちだっていうことですよね？

稲葉　そのとおりです。

平野　たとえば単純な「寿命の長さ」みたいなこと？

稲葉　本来は、人それぞれの「生きている質」を深めていくことが人生に大切なことで、そのサポートが医療者の役割のはずなんです。

平野　でも質って、それこそ人によってちがうし、数値化できないから、むずかしいですよね。どういうアプローチで考えればいいのか、ってこともわからないだろうし。

稲葉　ぼくは芸術の体験こそが質を見極める眼を養うと思っているんです。質のちがいがわからないと、すべて量の問題にすり変えられてしまって、そのことにすら気づけなくなります。

平野　なるほど。でもそう考えると、医者の究極の職能とは「幸せに生きるとはどういうことかを考える仕事である」っていう話になりますね。

稲葉　そうですね。その前提になるのは、「まず自分自身が実践して生きているかどうか」ということです。人のことをとやかく言う資格があるかどうかは、まず自分自身がしっかりと実践できているかどうか、ですから。さらに言えば、医療に限らず多くの職業は、「より良く生きる」ことへのかかわり方が得意分野や適性のちがいで専門分化しただけに過ぎないと思います。

平野　その地平に立てば、医療も、音楽も、芸術も、建築も、政治も……すべてをひとつの視座から眺めることができそうですね。

稲葉　ぼくはもっと、みんながより良く生きていくための場をつくりたいんですね。くじけたり、絶望したり、挫折したり……、生きていればいろんなことがあります。でも、生きている限りはなんとかなる。なんとかする力をだれもがもっている。生命はしぶといんです。ここまで生き残ってきたわけですから。だから「生きている限り、生きつづけていきましょうよ」と呼び掛けているだけです。それが医療のコアにある大切なことじゃないかと。

平野　いいこと言うなあ。それにしても稲葉さん、見た目も言うことも『白い巨塔』とは真逆ですね（笑）。

稲葉　（笑）自由と権力のどちらかを選べと言われたら、ぼくは迷わず自由をとります。自由が阻害されないかどうかが、Y字路での選択のときに問いかけることです。医療界にもそういう人が増えていると感じますよ。

平野　でも、医療界を変えるには、稲葉さんのような人が権力を握らないとダメなんじゃないですか？

稲葉　ぼくがイメージしているのは、これまでのようなピラミッド型、軍隊型とは異なる社会モデルです。縦ではなくて横の平面構造ですね。平面のどこかにペースメーカーのようなリズムを刻む存在がいる。それが波紋として相互に伝わっていくようなモデルです。

平野　ああ、そうか。なるほど。

稲葉　そうイメージすると、結局は「自分がいいと思うこと、好きなことをしつづける」というシンプルな発想に戻るんですね。共鳴する人が増えれば波紋は広がる。波紋に大きい刺激は必要なくて、小さくてもたしかな波紋であれば、ちゃんと遠くまで波紋は伝わる。だから医療も、医療を包む社会も、かならず良くなると信じているんです。

平野　ジョルジュ・バタイユが「われわれの狙っているのは、癌のように、痛みのない革命だ」「癌のように痛みを感じさせずに食い込み、根を張って、侵食しくつがえす」と言ってたらしいけど、稲葉さんの発想もまさしく〝無痛革命〟ですね。

稲葉　そうかもしれませんね。無痛革命、無血開城（笑）。医療はみんなのためにある共有財産です。だから社会ともつながることが大切です。自分が医療現場で考えたこと、疑問に思ったこと、その問いを社会へと発信して、みんなと共有したい。ひとりでは答えが出なくても、問いを共有すれば答えが出るかもしれない。専門家ではない人にも伝わる言葉で表現することが大事ですね。表現方法を磨くのはあくまでも自分自身の問題ですし。

平野　稲葉さんは著書のなかで「優れた芸術は医療である」と繰り返し書かれていますよね。

稲葉　はい。

平野　そもそも一般的なイメージで言えば、医療と芸術って真逆ですよね。人間像からいっても、白衣を着た医者とベレー帽を被った芸術家はおよそ正反対。この両者がつながっているとか裏表なんだみたいな話は、稲葉さんの本を見るまで聞いたことがなかった。

稲葉　でも、太郎さんが言っていたことを自分の言葉で言い換えただけだと思っているんですよ。

平野　あ、そうなの？

稲葉　現代医療って、どうしても「時計修理」みたいな修理工場のイメージに近くなってると思うんです。効率よく大量に人をさばく場所、というか。

平野　だって病院の人がそういう格好をしてるんだもん。そういうオーラも出してるし（笑）。

稲葉　ですよね（笑）。でもぼくが感じているのは、「生きる」ことには「生活」が基盤にあると思うんです。太郎さんも「生活」という言葉、好きでしたよね？

平野　文章のなかにもよく出てきますよ。太郎にとって芸術とは、金持ちやマニアの愛玩物ではなく、民衆ひとり一人の暮らしのなかに息づくもの。芸術とは生活そのものであり、生活そのものが芸術だと考えていました。

稲葉　医療はいま生活や暮らしからどんどん離れてしまっている気がするんです。医療はこっち、芸術はそっち、生活はあっち……というふうに。でも、日々を「生きる」こと、「生活」ってまさに創造と破壊の、傷ついて回復して、の繰り返しでしょう？

平野　ただ、一般のイメージからすると、医療は生活じゃないですよね。むしろ病院に行くとか救急車に運ばれるっていうのは、典型的な非日常じゃないかな。

稲葉　だからぼくは医療を生活の場に取り戻したいんです。太郎さんが芸術を生活の場に取り戻したいと思ったのとおなじように。ぼくは医療を生活の場に、そして生活のなかに生命をこそ取り戻したい。自分が生きていることを、ふだんからみんなで共有したほうがいいですよ。「きょうの君の肝臓の調子はどうかな？」とか（笑）。

平野　「お、腎臓！　オマエきょう調子良さそうじゃないか！」とか？（笑）

稲葉　そうそう。そういうことが普通になれば、寝て、起きて、ご飯を食べて、仕事をして、また寝て……っていう何気ない生活のなかに、いのちの働きを見出すようになる。生命活動と離れることなんて1日たりともないはずなんですよ。生命わたしたちの内部にある生命の場所に生活のなかで戻りましょうと。眠りの時間もそうした生命の知恵ですよ。かならず内的な生命の時間を過ごすようにできている。そうした暮らしこそが、医療の土台を支えるわけです。

平野　なるほど。

稲葉　ご飯を食べる。生きるために食べる。食べたものは体内で燃焼され、生きるエネルギーとして生命活動に使われる。夜に寝る。生きるために寝る。寝なければ命は壊れます。どんな人もまったく寝ないで過ごしたらエラーが頻発しますから。

平野　うん。

稲葉　人生が90年の場合、約30年は寝て過ごす時間ですよね。それは内的な生命の時間です。外側へ向かいやすい意識活動を補うために、眠りは生命活動にきわめて大事なわけです。自分のなかにある命の場所から離れない工夫として。ぼくらの生活の何気ない一コマは、生命活動の大事な一コマでもあるんです。ぼくたちはそうやって生きてきたんです。

平野　人間のあらゆる活動は、そうした生命活動のうえにのっているわけですものね。

稲葉　根底のところを逃げずに正面から問いなおすことが、医療界での緊急課題だと考えているんです。

平野　そうか。だんだんわかってきた。

稲葉　そうしたことをより切実に考えるようになったきっかけがこの本です。太郎さんの『アヴァンギャルド藝術』という真っ赤な本。１９５０年、戦後5年目にして美術出版社から出た革命的な本です。古書店で一度しか見かけたことないので、もっている人はほとんどいないでしょうけれど。

平野　おお、さすが！

稲葉　この本の最初の檄文に稲妻が走りました。読みますね。「アヴァンギャルド藝術は、もはや是非の問題ではない。ここを通らずに明日の藝術はあり得ない。回避せず、この偉大な二十世紀の業績を乗り超える。それこそ眞の藝術創造でありこれからのアヴァンギャルドである。足踏みは、瞬時も許されない。尖端的課題に正面から挑み、革命的に飛躍しなければならない」。

平野　うん。

稲葉　これって、まさに医療の話じゃないかと思ったんですね。「足踏みは、瞬時も許されない。尖端的課題に正面から挑み、革命的に飛躍しなければならない」。痛いほどよくわかる。読んだとき、ぼくに檄を飛ばしているんじゃないかと、鳥肌が立ちました。

平野　なるほど（笑）。

稲葉　起きて眠るという行為は、生まれて死ぬことのメタファー、儀式的な行為でもあって、そうした生活のなかにある生命の営みは医療の根本にあるはずです。太郎さんが言った「芸術は生活である」っていう考えと近い。

平野　自分の生命が喜ぶためにすべてのものごとはあるはずだ、ってことですよね。

稲葉　そう考えると、自分の生命が喜ぶことは医療とも言えるんじゃないかと思うわけですよ。心も体もユルユルとゆるみ、プニプニと柔らかくなり、フワフワと膨らむような生活を送ること自体が。医療従事者はまず自分自身が実践したほうがいいです。まず自分から、です。生命の歓喜を取り戻すことと医療とが無関係な顔をしていると、医療は魂を失ってしまいますよ。

平野　稲葉さんはほんとうに太郎が好きなんですね。

稲葉　ものすごく大きな影響を受けていて、もはや好きとか嫌いの次元を超えています。

平野　師匠？（笑）

稲葉　ほぼ一体化してますね。血肉化しているとでも言いますか。血液となり体内を流れ、肉として身心を支えている存在という感じでしょうか。

人間の身体は協力原理でできている

平野　芸術でもエンターテインメントでもそうだけど、刺激的なものに出会うと脳味噌が活性化して、やる気になったり元気になったりする。ちょっと沈んでいたのに気分がよくなったりね。考えてみれば、これだって立派な医療ですよね。

稲葉　そうなんですよ！　まさにそういうことを言いたいんですよ！　自分にとっての自己治療なんですよ。

平野　あ、そうか。

稲葉　それが「いのちが生きる」ことそのものなんじゃないかと。そういう原点に立ち戻りつづけたいんです。複雑にするのではなく、こどもでもわかるシンプルな場所へ。そういう観点で見直してみると、医療も芸術もおなじだし、政治もマスコミも建築も、おなじテーブルにつけると思うんですよ。わたしたちがより良く生きるために、生まれてきたものじゃないかって。

平野　うん、よくわかる。

稲葉　そういう思いを込めて、この本（『いのちを呼びさますもの』２０１８年）を書きました。

平野　医者仲間の反応はどうでした？

稲葉　若い人たちはすごく共感してくれましたね。

平野　そうだろうな。

稲葉　「ぼくもおなじようなことを考えています」って、さらっと言ってくれたりね。うれしいですよね。

平野　うん。

稲葉　ぼくはみんながもっと人間の身体のことを深く知ればいいのにな、と思っています。身体を知ることが世界平和につながると本気で考えているからです。

平野　平和に？

稲葉　人間の身体って、協力原理でできているんです。闘争原理ではないんですよ。脳と肝臓は闘って殺しあったりしない。だから、人間の身体の仕組みを知ること、つまりそれぞれの臓器がすべて役割をもち協力しあいながら全体が存在していることを知れば、宗教や人種も含めて、わたしたちの生命ある地球社会を考えるときに、みんなが共有できるひとつのモデルになるんじゃないかと思うんです。それは平和活動につながるんじゃないかって本気で考えているんです。

平野　人間って、本来的に協力原理でできているんだ。

稲葉　命の仕組みは、対極のものが共存しながら、ぶつかりあって渦のようにエネルギーを創造しつづけるスーパーシステムです。生命の全体性は、部分の協力原理によって支えられています。不思議としか言いようがないです。でも、そうした生命の世界の本質は、太郎さんから受け取ったことでもあるんですよ。太郎さんがいのちをかけて伝えようとしたことを、ぼくはたしかに受け取った。受け取ったと思っているひと全員に、命のバトンは渡されると思うんです。だから、ぼくは責任がある。受け取ったものは、生活のなかで実践しながら受け継いでいく役割を担っている。芸術家として岡本太郎を越えることはできないけれど、医療の世界できちんと芸術すれば、太郎さんと対等に話ができるかもしれない。ぼくはそう信じているんです。

（2019年4月12日）

岡本太郎記念館の展示棟は、木造2階建ての家屋を取り壊して建てられた。1階が彫刻アトリエで2階は大きな書斎。太郎はこの仕事場で次々とデスクワークをこなした。

対話は太郎の気配がいまも漂う岡本太郎記念館で行われた。純度100%の"TARO空間"だ。

つくり手がおもしろいと
思っていないものには、
だれも興味をもってくれません。

N°09 KOSAI SEKINE

関根光才（せきねこうさい）

映像作家・映画監督。1976年生まれ。2005年に短編映画を初監督。以降、哲学的なストーリーとクロスカルチュラルな映像表現で短編映画・CM・MV・映像アートを制作。カンヌ広告祭グランプリなど、海外で多くの受賞を果たし国際的評価を得る。短編オムニバス映画『BUNGO～ささやかな欲望～』では、岡本太郎の母、岡本かの子の原作『鮨』を監督。2018年『生きてるだけで、愛。』で長編映画の監督・脚本デビュー。同年『太陽の塔』も公開され、新人映画監督に贈られる新藤兼人賞銀賞を受賞した。

平野　ドキュメンタリー映画がどのようにしてできあがっていくのか、イメージできる人はきっと多くないでしょう。ぼく自身、知らなかったしね。そこで、関根さんがこの映画(『太陽の塔』)の監督を引き受けたときから、なにをどうつくっていったのか、まずはその流れから簡単に教えてもらえますか?

関根　ぼくは監督として短編のドキュメンタリー映画をつくったことはあったんですけど、けっきょくルールがないんですよね、ドキュメンタリーって。こういうステップを踏んで、だから次にこうなりますっていうものではなくて、つねに流動的にものが動いていく。

平野　なるほど。

関根　今回は、まず太陽の塔と岡本太郎について勉強することからはじめました。太陽の塔とはなにか、岡本太郎ってどういう人なのか、彼はどういうつもりで太陽の塔をつくったのか……みたいなことです。「勉強に1年ください」って平野さんにお願いしたけど、「ムリ!」と一蹴されて(笑)。

平野　あ、そうだった?(笑)

関根　半年後ぐらいですかね、プロットを書いてお渡ししたのは。ぼくのなかでは、勉強したことがなんとか着地できたっていう感じがあって、少し安心できたかな。

平野　太郎にどんな印象を?

関根　衝撃でした。これほどまでの知識人だったってこともすごくびっくりしたし、1930年代のパリで新しい学問として人類学が生まれたっていうのもびっくりしたし。でもいちばん驚いたのは、自分が興味をもっているものごととのシンクロニシティでした。

平野　どういうこと?

関根　じつはこの映画がどうなるかまったくわからないときから、なんとなく(この映画の)オープニング映像みたいなものが頭に浮かんでいたんです。

平野　?

関根　樹の根っこから縄文みたいな模様になっていくっていう……。ぼくは岡本太郎が縄文を再発見したっていうことすら知らない素人だったので、岡本太郎を紐解いていくうちに縄文というキーワードが出てきて、びっくりしたし、興奮しました。

平野　おもしろいなあ。

関根　そういうこともあって、ステップ・バイ・ステップの勉強が、そのまま自分が知りたかったことに導いてくれた。ぼくは大学で哲学を学んだけど、ほんとうは人類学を学ぶべきだったってことも気がつきました。いまさら遅いけど(笑)。

平野　そうね（笑）。要するに、太郎がパーンと直球を打ち込んでくれた感じなんだ。

関根　そうです。太郎さんが教えてくれたことももちろんあるし、太郎自身が興味をもって勉強しようとしたことがすごく腑に落ちるっていうこともあるし。

平野　そうなるともう完全に〝師匠〟だね（笑）。

関根　ほんとにそうなんですよ。まさかそんなことになるなんて夢にも思ってなかった（笑）。太郎さんは人類学を、人間とはなにかを根底から勉強していますよね。ぼくもおなじ理由から哲学を学んだんだけど、正直、こんなこと考えても生きていけねえなって思った。人間とはなにかをゼロベースで掘り下げないと、自分が生きている実感がつかめないっていうか。

平野　うん。

関根　大学で学んだ哲学は、正直、あんまりおもしろくなかったんです。どうしても〝お勉強〟になっちゃうんですよね。で、いろいろ考えているうちに、やっぱり実地体験をとおして勉強していくしかない、つくることに関わりたいという思いが強くなって、映像の世界に飛び込んだんです。

平野　なるほど。

関根　太郎さんはそういうことを確実につかみ取ったうえに、それまでなかった新しい概念を探求している。きっと太郎さんはメチャクチャおもしろかったはずだし、それを読んでいるぼくにもびっくりすることがいっぱいあった。

平野　ある種の追体験をしてワクワクしたわけだ。

関根　感情移入したんです。だから勉強もすごく楽しかったけど、おもしろかったのは、ある程度勉強するうちに、自分でいままで勉強したことや、太郎さんが勉強したことなど、いろいろな点と点がつながっていったこと。新しい本を開いても、だいたい内容がわかるんですよ。

平野　うん、わかる。

関根　これはもう勉強のフェーズじゃないんだと感じました。「トリートメント」っていう最初の文書を書いたあとのことです。だいたいの基礎知識が自分のなかにできたなと思って。

29人のインタビューを刻んでひとつの文脈に構成

平野　ぼくは「トリートメント」っていう言葉自体を知らなかったけど、映画業界の用語なのかな？

関根　たぶん映画の世界にはないんじゃないですかね。おもに海外でクリエイティブな映像をつくる人たちの用語だろうと思います。

平野　ぼくの本業の世界でいえば「基本構想」にあたるものだと思うけど、そのトリートメントがコレです（→P137）。

関根　とっていてくれたんですか？

平野　もちろん！　感激したからね。こんなに美しい企画書が世の中にあるのかって。

関根　いえいえ、そんな……写真だってネットから引っ張ってきた程度のものだし、穴があったら入りたいです（笑）。

平野　とにかく色彩感覚が独特で、普通じゃないと思った。ぼくはトリートメントを見て関根さんの色彩感覚に一目惚れしたんです。しかも文章がまたいい。バシッと決まっているわけですよ。

関根　（笑）

平野　さっき、このトリートメントを書いたあとでいろんなものがつながったっていう話があったけど、この段階ですでに迷いがないし、〝腹括ってる〟感もある。

関根　最初はどうなるかぜんぜん見えていなかったけれど、この段階では「こうなったらいいな」みたいな感じはありました。

平野　そもそもプロジェクトはどんなふうにはじまったんですか？

関根　この映画はドキュメンタリーだから、最初にいわゆる「脚本」はつくれない。とにかく、まずはインタビューをしたいと思いました。もちろん質問を考えることはできても、答えは書けない。

平野　恋愛ドラマじゃないからね。

関根　そういう状態でインタビュイー（インタビューされる人）をリストアップしたんです。映画がどういうストーリーになるかは、インタビュイーの話を聞いてから。まずはおもしろそうな人たちにインタビューをして、それをどんどん編集していって……

平野　うん。

関根　あらかたできあがったのが、去年の夏の終わりぐらいですね。そのあたりになってから、こういう映像を撮ろうっていうプランを同時並行で組み立てていきました。

平野　音楽や撮影などのチーム編成はいつごろ決めたんですか？

関根　コアになるメンバーはかなり早い段階で決めてました。

平野　メンバーはどんな基準で選んだの？

関根　まずは根本的な興味のベクトルが近い人。岡本太郎や太陽の塔のことを知らなくても、なんなら好きじゃなくてもかまわない。根本的な興味の方向が近ければ大丈夫だと思って。

(上)スタッフとの打ち合わせの席で監督が走り書きしたオープニングの絵コンテ。(下)プロジェクトをひとつの体系に構想した「トリートメント」。映画の核となる思想が語られている。

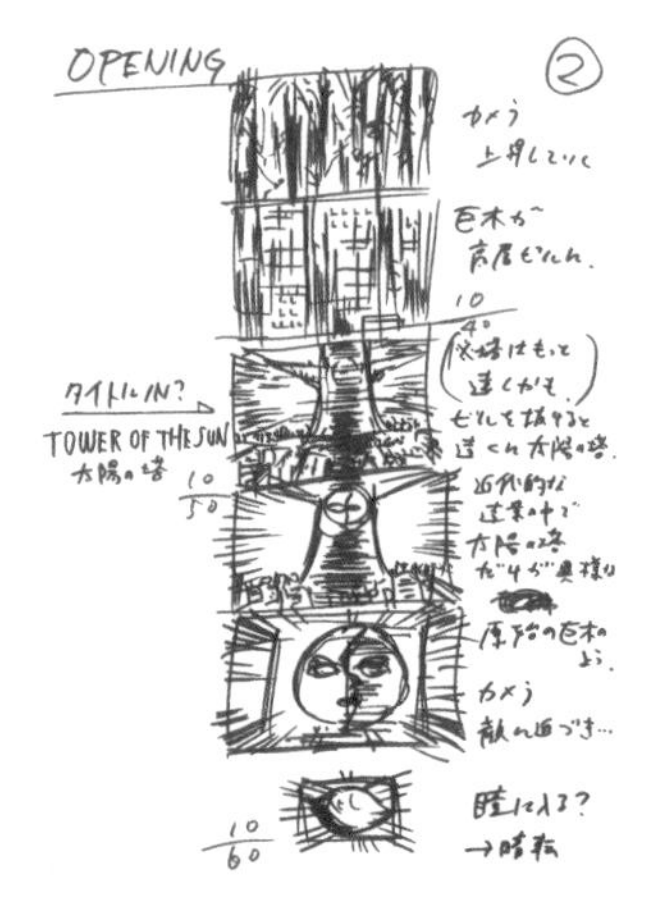

平野　「トリートメント」って、チームの意識をひとつのベクトルに束ねる役割を果たすものでもあるんでしょう？

関根　そうですね。そういえば、映画ができあがったときに、みんなで「最初のトリートメントからそんなに遠くなかったね」って言ったのを覚えています。

平野　ほんとにそうだよね。とくに驚くのは……このページ！

関根　そんなに読み込んでいただいて！　ありがとうございます。

平野　ここに「インタビューで得られた言葉を、再構成するということが可能か、という実験的な方法を……」と書いてある。「多くの人の言葉から成る〝モノローグ〟のように」とも。

関根　はい。

平野　ふつうドキュメンタリーでは、インタビュイーの喋ったことを、文脈ごと塊として提示するわけですよね。「Aさんはこういう話をしました」というのがわかる形で。

関根　そうですね。

平野　ところが関根さんの発想はちがった。「多くの人の言葉から成る〝モノローグ〟」とはすなわち、たくさんの証言を切り刻み、ひとつの文脈に再構成する、パズルのように組み立てるということですよね。だれもが「ドキュメンタリーとはこういうもの」と考えている〝あたりまえ〟に、構造レベルで挑戦している。とうぜんそれに伴うリスクの高さも尋常ではない。

関根　はい（笑）。

平野　トリートメントを書いている段階では、とうぜんながらうまくいく保証はないし、書いている本人もじっさいにどうなるかは予測できなかったわけですよね？

関根　そうです。

平野　なぜこんなことをやろうと？

関根　こういう刻み方って、ドキュメンタリー映画の手法として、無かったわけじゃないんです。ただ今回は、いろんな人の話を相当なハイペース、短い尺で刻み、つないでいることはたしかですけど。

平野　あ、そうなんだ。

関根　自分に関係ない話が延々とつづく批評みたいなことよりも、いろんな人たちがいて、でも話の芯はぜんぶつながっている、こんなにたくさんの人がいるのに、けっきょくはひとつの話をしている、みたいな感覚っていうか……

平野　うん。

関根　言葉を刻むことによって、そういう状況が立ち現れるかもしれない、という予感があったんです。

太郎の話を通じて、「あなたの話」にしたかった

平野　関根さんが描いたオープニング映像の絵コンテがコレ（→Ｐ１３７）。ぼくはこれもちゃんとファイルしてますよ（笑）。

関根　これはＣＧのスタッフと打ち合わせをしているときに、イメージを説明するためにその場で走り書きしたもの。そんなもの、取っておかないでくださいよ。メチャ恥ずかしいんですけど（笑）。

平野　これを見ると、ドキュメンタリーなのに架空の少女が出てくる。じっさい彼女は映画の節々でリズムをつくり、スパイスのような役割を果たしているわけだけど、どういうところからこのアイデアを？

関根　かなり早い段階で直感的に思いついたんです。そしたら、その後インタビュー撮影時に椹木野衣（さわらぎのい）さんが「もしなんらかの理由で太陽の塔が立っていることの背景情報がすべて消え、ただそこに太陽の塔だけが立っているという状況が訪れたら……」という話をされて。

平野　日本という国そのものもなくなっていて……みたいな話でしたね。

関根　「そのとき、太陽の塔を前にした人々はなにを思うんだろう？」と。ぼくもおなじようなことを考えてこの少女をイメージしていたので、シンクロっぷりに驚きました。そんな妄想をしたくなるぐらいの、とんでもない質量があるでしょう？　ピラミッドに匹敵するサイズ感というか。

平野　たしかにね。

関根　何千年、何万年後になったら、もしかしたら人類は一度、原始時代に戻って……

平野　「猿の惑星」だね（笑）。

関根　また人間やり直して――実際どうかはわからないけど――最後になってまた現代に戻るみたいな。そんなイメージがこの作品に通じるような気がして。なにかを壊すような、それでいて壊しながら串刺しにするようなものが欲しいと思って。

平野　基本はインタビュー構成だけど、そうした定型的な構図を揺さぶったり、異なる刺激を与えたりしたかった？

関根　そうですね。

平野　エンターテインメントを考えてっていう部分もあるのかな。

関根　できるだけ柔らかくしたいという思いはありました。

平野　この少女、いつの時代に生きているのかわからないもんね。原始人って言われればそうだし、もちろん現代人にも見えるし。どこからどう見ても、フィクションの極みです（笑）。

関根　すみません、ドキュメンタリーなのに（笑）。

平野　そういう〝異物〟がアクセントになっているところがおもしろい。なにしろリアルなインタビューと関根さんの〝妄想〟がシームレスにつながってるわけだからね。普通ならアウトでしょ、コレ（笑）。

関根　はい（笑）。まさに異物ですから、ある程度インタビューを撮り終えるまで、ほんとうに入れていいかどうかわからなくて。

平野　うん。

関根　ある程度進んだところで、「よしGOだ！」と撮りに行ったんです。

平野　その異物がリズムをつくっている。この映画の構成要素は大きく3つ。インタビュー、ロケ、そしてフィクションの〝ドラマ〟。もちろん中心はインタビューです。収録時間、すごかったでしょ？

関根　29人で46時間です。

平野　それだけのボリュームのストックを切り刻んで数珠つなぎにしたわけですね。いわば膨大なパーツとしての言葉を、立体的なパズルのように組み立てたわけだけど、そもそも、どうやって？

関根　原稿をひたすらハサミで切って、それを大きなテーブルの上に並べて、延々とつないでみて。みんなで〝曼荼羅〟って呼んでました。神経衰弱みたいなものですけど、あまりの量にじつは少しだけ病みそうになって（笑）。映画として細かく編集していく過程では編集スタッフが大きなパートを担ってくれましたが、構成は監督次第。ぼくの仕事の9割はこれでした。

平野　そうやってつないだにもかかわらず、それを見たインタビュイー側に違和感がないっていうところがすごい。ぼく自身もそうだし、おそらくみんな自分が喋ったことがきちんと反映されていると感じたんじゃないかな。

関根　もちろんロジカルに考えて結びつけられることも多かったんですけど、最終的には直感によるところが大きかったような気がします。

平野　けっきょく大事なのは監督の直感なんですよ。映画って芸術だから、考えてみればとうぜんなんです。

関根　そうかもしれません。多くのスタッフに支えられている前提がありますが。

映画『太陽の塔』のポスター。関根監督による独特の色彩感覚をまとって荒野に立つ太陽の塔が見る者を挑発する。

平野　最初ぼくは、ドキュメンタリー映画である以上、監督が太陽の塔や岡本太郎を剥いて裸にしていくものと思っていた。もちろんそういう面もあるけれど、じっさい試写を見たときの印象はまったく逆。裸になったのは、むしろ関根さんのほうです。

関根　（笑）

平野　関根さんの問題意識とか、視座とか、価値観とか、美意識とか、そういうものが生々しく立ち上がっている。

関根　はい。

平野　それがすごくおもしろかったし、それゆえにこの映画は成功だと思った。キチッとした価値観、美意識、問題意識のスジがとおっていないと、つまり〝強烈な意志〟がとおっていないと芸術にはなり得ないから。

関根　この映画は、もちろん太陽の塔の話でもあるし、岡本太郎の話でもあるけれど、それより前に「あなたの話」なんだっていう映画にしたかったんです。

平野　うん、すごくよくわかる。

関根　そういうベクトルでものをつくっていれば、とうぜんながら自分にも返ってくるわけです。自分だけ陰に隠れていい話をつくろうなんていうことは……

平野　もちろんできないよね。で、そんな作品が完成して、率直にどういう思いでした？　なにか思い残すことはあった？

関根　思い残すことはありません。もちろん時間や予算などさまざまな制約はありましたが、そのなかで精一杯やれたので。あとはどういうふうに響いてくれるかです。

平野　うん。

関根　若い人たちがどう感じてくれるか。映画のなかではいろいろ理屈めいたことも出てきますけど、そういう知識の部分をわかってほしいのではなく、最終的にはハートというか、エモーショナルなことをつかんでくれれば、情熱を感じとってくれればそれでいいと思っているんです。

平野　ぼくはこの映画はちゃんと芸術になっていると思う。

関根　ありがとうございます。

平野　ひとつは「挑戦している」こと。従来の定型的なドキュメンタリーの様式と常識に構造レベルで挑戦している。もちろん評価は見た人がどう感じるかで決まるわけだし、厳しい批判が待っているかもしれない。でも、たとえそうだとしても、ルーティンのフォーマットとはちがうことをやろうとした、という一点において価値がある。つくり方そのものが実験になっている。

関根　そうですね。

平野　たんなる努力賞じゃないってことです。きちんと知的な冒険になっている。それは芸術の大きな条件だと思います。もうひとつは「説明じゃない」ということ。この映画がやっているのは、説明ではなく〝問いかけ〟です。関根さんの根っこにある「疑え」という思想と通底する話だけど。

関根　はい。

平野　「上質な問い」がすぐれた芸術の条件だとぼくは思う。答えを説明するのは教材ビデオ。そういう意味で、「芸術としての映画をつくりたい」というぼくの当初のモチベーションをきちんと担保してくれているから、とても満足しているんです。

自分を真っ先にさらけ出し、そこにみんなの想いをのせる

平野　ところで、関根さんはどうして映像の世界に進もうと思ったんですか？　さきほど「大学の哲学のような〝お勉強〟ではなく、実地体験をとおして世界を見たかったから」というニュアンスの話があったけど。

関根　大きかったのは、写真に触れたことかな。

平野　写真？

関根　海外に行ったときに、フィルムのカメラに触れたんです。スチールのスクールがあって。実際の映像がフィルムに写り、感光して紙に焼きつけられるっていうプロセスのすべてが有機的にできていることにショックを受けて。

平野　フィルム写真に好奇心が湧いたっていうのはわかるけど、静止画だから、動画とはずいぶん距離があるでしょう？

関根　もともと「物語」や「物語ること」にすごく興味があったんです。小さいころにミヒャエル・エンデの『はてしない物語』、映画『ネバーエンディング・ストーリー』の原作の本があるんですけど、それを何回も読んでいたり。

平野　へぇ。

関根　その本に「人間のもっとも素晴らしい能力は物語ることだ」と書いてあったんです。そういう原体験があって。

平野　なるほど。

関根　そこから神話的なものや、人間が語るストーリーテリングみたいなことにすごく興味が湧いてきたんですよね。

平野　写真やフィルムという光学的な記録媒体への好奇心と、ストーリーを語ることが映像への興味となって結びついた？

関根　そうじゃないかと思います。

平野　小説には行かなかったんですね。

関根　じつは小説家になりたいと思っていた時期もあったたん

太陽の塔

それは過去の巨大な建造物に見えるかもしれない。
とある芸術家のワガママな創作物に見えるかもしれない。
ワクワクして楽しげな、
「あの時代」のマスコットに見えるかもしれない。

しかし太陽の塔に本気で向かい合う時、
それは未だ生き続けている生命体だということが分かる。

心臓が無くても鼓動を感じ、
血流が無くても熱気を感じ、
意識が無くても意思を感じる。

荒野の太陽の塔と想像上の少女が対峙する象徴的なシーン。ドキュメンタリーにあって異例の展開だ。

です。ただ、両親がともに絵を描いたり彫刻をつくったりといったビジュアル表現をしていたこともあって、自然のうちにビジュアル表現を選んでいました。

平野　ぼくの若いころは映像分野はまだ特殊な世界だったけど、いまはそうじゃないんでしょうね。

関根　デジタルになってずいぶん身近になったとは思います。ただ、逆にぼくはフィルムを回してみたかった。フィルムで映像を撮るっていうのが映画の世界でもむずかしくなっていたんですが、コマーシャルの世界ならフィルムを回せることがわかって、そこに飛び込んだんです。

平野　映画はすでにデジタルになっていた？

関根　なりかけていました。もちろんＣＭも、ですが。

平野　なぜＣＭはフィルムを使うんです？

関根　フィルムのほうが階調表現がはるかに豊かなんですよ。

平野　ああ、そうか。

関根　ぼくにはただ「フィルムで撮りたい」っていう思いがあっただけで、監督になりたいといったような具体的なイメージまではなかったんですけどね。

平野　うん。

関根　そんなころに、制作会社に映像資料として置いてあった海外の作品集を見てびっくりした。ＶＨＳだったんですけ

ど、ミシェル・ゴンドリーやスパイク・ジョーンズといった、いま映画監督として一流の人たちが当時は広告を撮っていたんですね。

平野　それ、おもしろそうだなあ。見たいなあ。

関根　コマーシャルなのに超パンクな映像があるんですよ。日本だと、たとえば人気俳優が缶ビールをもってるみたいなのが多いけど。

平野　「あ、なんだ、そういうんじゃなくていいんだ」と目が醒めたわけね？

関根　そうです。

平野　関根さんの実績を見たとき、「なに、この人？」と思ったんですよ。超シリアスなチェルノブイリのドキュメンタリーとＡＫＢの「恋するフォーチュンクッキー」をおなじ人が撮っている、ってことが、どうも納得できなくて。

関根　（笑）

平野　関根さんはチェルノブイリからＡＫＢまで手掛けているわけだけど、自分のスタイル、個性、流儀みたいなことについてはどう考えています？

関根　うーん、あんまり……。「自分の表現はこうです」みたいなことに対するこだわりは無いほうじゃないかと思いますね。プロジェクト次第っていうか、企画やシナリオに応じてケース・バイ・ケースで表現手法を考えていくので。一貫して「こうでなければいけない」みたいことはないなぁ。

平野 それでもやっぱり、関根さんがつくったものには〝関根臭〟がある。いくつかの作品を見たけど、共通する美意識、テイストを感じます。それがものづくりというか、表現することの肝の部分じゃないかと。

関根 はい。

平野 映像制作は、アトリエで画家がコツコツとキャンバスに向かうのとちがって、クライアントがいて、ミッションがあって、社会の状況があって……、といった数々の制約条件の産物でしょう? 哲学だこだわりだ、と叫んだところで、見てもらえなければ意味がないし、売れなければ〝役立たず〟。受け入れてもらえなければ土俵にさえのぼれない。

関根 そうですね。

平野 しかし、だからといって〝御用聞き〟でなんとかなるわけではない。受け手のイメージどおりのものを差し出したところで、「へぇー」とスルーされるだけですよね? 一方にはマーケティングがあるけれど、一方には芸術的な側面がある。美意識、世界観、問題意識みたいなものです。クリエイターはその折りあいをつけなきゃいけない。

関根 映像をつくる仕事って、かなり複雑なんですよね。ひとりのクリエイターが絵を描くようにつくれるものって、CGやアニメーションくらいしかないんです。実写を撮るとなれば、カメラマンがいてライトマンがいて役者がいて……。そういう世界でものをつくる以上、つねに人との関係性のうえでしかつくれない。

平野 そうですよね。

関根 広告の仕事なんかだと、クライアントがいるし、さらに多くのファクターが入ってきて、より複雑になります。そういうときにいつも思うのは、自分がほんとうにおもしろいと思うものでない限り、だれもおもしろいと思ってくれない、ということです。どんな映像作品でもそうだと思いますが、つくり手がおもしろいと思っていないものには、だれも興味をもってくれません。

平野 それ、すごくよくわかる。

関根 「ぼくはおもしろいと思うんだけど、どう思う?」みたいな提示をしない限り、なにも進まないんですよね。自分を真っ先にさらけ出して、そこにみんなの想いをのせる。

平野 同感!

関根 もちろん、みんなの意見のバランスをとって、反映していかなければなりません。自分がおもしろいと思うもののなかに、どうやったらみんなが乗れるステージをつくれるか、

映画『太陽の塔』の撮影を指揮する関根光才。ロケは渋谷のスクランブル交差点からチベットにまでおよんだ。

みたいなことを考えなければならないわけです。

平野　若いころは、往々にしてリキむ。「これがオレの表現だ！」ってね。でもそんなものは「勝手にやってろ！」っていう話です。しかし、だからといって「お客さまのお望みどおりのものをご用意いたします」ではクリエイティブな成果は生まれない。

関根　認めてもらわなきゃいけないっていうこともありますしね。

平野　プロジェクトにはたくさんの人がかかわるから、いろんなことを考えなければならないし、諦めなきゃいけないこともいろいろ出てくる。そういう環境のなかで芯になり得るものはなにか。関根さんは、まずはつくり手自身が本気でおもしろいと思えるかどうかだと。

関根　それはほんとうに大切な気がします。

平野　「これがおもしろいと思うんだよ」とひたすら周囲に問いかける、っていう話は若い人たちに大きなヒントになると思うな。

関根　自分がおもしろいと思っていることよりも、相手が要求することが勝っちゃったり、相手に譲ったりしたら、その瞬間に〝お仕事〟になってしまいますからね。

（2018年6月4日）

縄文土器を調べたら、太郎さんの名前が出てきて、「あっ、太郎さんだ！　また出てきた！」って。

コマチ
COMA-CHI

東京都出身のラッパー、歌手。ロック・バンドやアコースティックギターの弾き語りなどから独学で音楽活動を開始。15歳でヒップホップに傾倒し、２００３年よりラッパーとして始動。MCバトルで輝かしい戦績を残した後、メジャー・デビュー。出産・育児期間を経て、２０１８年に5thアルバム『JOMON GREEN』をリリース。

平野　COMA-CHIさんがはじめたころって、どんな感じだったんですか？

COMA-CHI　わたしがはじめたころ、女性のラッパーってほとんどいなかったんです。

平野　あ、やっぱり。

COMA-CHI　いまでは日本も女性のラッパーだけじゃなくて、芸人さんとか、女の人がものを申せる時代になりましたけど、15年前くらいだと「女性がもの申す」のがカルチャーにあわない、っていう感覚があったのかもしれないですね。

平野　性別なんて、音楽には最初から関係ないのにね。

COMA-CHI　でもやっぱり、ジャズやヒップホップは男のものという先入観はありますよね。

平野　そういう部分で、女性であることの葛藤や苦悩みたいなことって、なにかありました？　業界の長老に「女がラップ？　笑わせるなよ」って言われたとか。

COMA-CHI　そういうことはなかったけど、お客さんの前に立ったときの場の冷め方はすごいものがありました。

平野　女だから場が凍る？

COMA-CHI「あー、これはどうやっても盛り上げられないな」っていう絶望的な状況でした。「なんだ、女か」っていう、えも言われぬ冷たい空気が……（笑）。

平野　そこを闘っていくのは、ものすごいパワーが必要だったでしょ？　なにせそれって理屈じゃないから、いちばん手強いよね。

COMA-CHI「こんなに冷めている場を盛り上げられたらすごいじゃん！」「マイナスからはじまったほうが、むしろやりがいがあって楽しいじゃん！」と思って。なので、葛藤という感じではなかったです。

平野　まさに正面突破だ。タフだなあ。

COMA-CHI「やってやる！」って、アドレナリンがドバドバ出ていたので（笑）。

平野　（笑）

COMA-CHI　それと、いま「ＭＣバトル」っていうのが、流行ってきているんですけど……

平野　ラップでディベートするっていうか、ラップを武器に対戦するやつでしょ？

COMA-CHI　そうです。わたしも昔やってたんですけど、両国国技館で大きな大会があったんですよ。男が１００～２００人のところに、女はほぼわたしひとりで。

平野　しびれるー！

COMA-CHI（笑）　主催者側は女性が出ることも勝ち進むことも想定していなかった。だから決勝戦を本物の土俵上でやる流れにしていたんです。

平野 女性はぜったい土俵にあがれないからね。

COMA-CHI それなのにわたし、勝ち進んじゃって。決勝まで行っちゃったんです。それで決勝戦の前に審議になっちゃって。

平野 おー！（笑） そりゃ真っ青だったろうな、主催者は。で、どうなったの？

COMA-CHI 今回は相撲の神聖な儀式じゃなくてイベントだからということで、特例としてＯＫっていうことになりまして。

平野 えっ、あがったの？ 土俵に？

COMA-CHI はい。ヒールは脱いでくださいって言われましたけど（笑）。

平野 まわりは相当驚いたでしょ？ 女性ラッパーが決勝まで行っちゃって、しかも土俵にまであがったんだから。

COMA-CHI そうやってバトルで結果を残したら、それまで「女なんて……」と馬鹿にしていた人が、「いままでとはちがうのが出てきたぞ！」って注目するようになって。

平野 うん。

COMA-CHI それでメジャーレーベルからいっぱいオファーが来るようになったし、ヒップホップ界からも期待されるようになりました。「女性のことを歌える子が出てきたぞ」っていう感じもありましたし。

平野 そうだろうね。

COMA-CHI ただそのときに「自分は女性の代弁をしなければいけないの？」って思い込んでしまって。わたしはその役割を担わなければならないんだって。で、じっさいそれを演じてました。

平野 演じてた？ そうか、そうやって自分を追い込んでいったんだね。「女性の立場を代弁することがミュージシャンとしてのわたしのミッションだ」と。

COMA-CHI はい。そういう役割を与えられたと思っていました。自分自身を俯瞰して、これは本来の自分じゃないけど、やるしかないっていう状況になって。もちろんそれが根本的に自分に向いていれば、つづけられたと思うんですけど……

平野 向いてなかった？

COMA-CHI わたしがヒップホップをはじめたとき、自分のなかにある「なんだかわからないカオス」のはけ口としてあった音楽が、まるでちがうものになってしまって。なんて言ったらいいか、次第にいろいろなことのバランスが取れなくなっていったんです。

平野 ラップをはじめたころは、自分のなかに湧き出てくるものを吐き出す、というシンプルな状況だったのに、それがだんだんと「あるべき自分」を演じざるを得なくなったと。周囲の視線や期待が大きくなるにつれて。

COMA-CHI もちろん、メジャーから出した作品のなかにも、そのとき純粋に考えていたことは入っているんですけど、それでもやっぱり、どんどんちがうレールを走っている感覚が強くなってきて。

平野 うん、わかる。ただそれって、もしかしたら、ビジネス的に見れば、よりビッグになるための道筋だったのかもしれないよね。

COMA-CHI そうかもしれません。でもわたし、そのとき「これじゃダメだ！」と思って。「このままじゃ音楽が嫌いになる！ 情熱が死ぬ！」みたいな気分になったんです（笑）。

平野 それもよくわかる。

COMA-CHI それに気づいて2年契約の2年でやめました。ちょうどそのときに東日本大震災が起きたんです。それでまた考えさせられて、最初にできた作品がこの『太陽を呼ぶ少年』という絵本なんです。自主レーベルで、お金も自分で払って。

平野 〝再起動1発目〟が、不思議なことに絵本だった。

COMA-CHI そうなんです。まずストーリーが浮かんできちゃって（笑）。

平野 それをなんとか形にしたい。世の中に送り出したい。それだけを考えてアクションを起こしたわけだ。

COMA-CHI ほんとうにこのときは、「これを表現したい、叫びたい」っていうのがまず先にあったんですよね。

平野 その瞬間、COMA-CHIさんは、それまでとはちがう種類の表現者になったのかもしれないね。自分のなかに湧きあがる問題意識を作品に結晶させ、それを世の中に問うことだけを考える〝アーティスト〟に。それまでの〝エンターテイナー〟とはベクトルの向きが少し変わったっていうか。

COMA-CHI 考えたことなかったけど、もしかしたらそうなのかもしれません。

平野 それまでは、「どれだけ自分の音楽が受け入れられるか」という基準で自身をコントロールしていた。でも新しいレイヤーにジャンプした瞬間に、自分の価値観や問題意識しか信じるものがないという世界に分け入った。

COMA-CHI はい。

平野 つまり、それまでのように何枚売れたとか、数字で評価できる世界から、自分自身のなかにあるものを信じるしかない世界を選んだということです。

COMA-CHI けっきょくわたし、数字の世界にいられなかったんですよね。「はじめた原点はなんだったのか」っていう感覚、「自分はこれがつくりたい、これが楽しい」という感覚でや

女性ラッパーの草分け、COMA-CHI。頭のなかには縄文がある。

っていたメジャーデビューの前に戻りたくて。

平野　うん。

COMA-CHI　メジャーに行ってみて、これは自分に向いている場所ではないと思ったんでしょうね、きっと。もちろんそれが向いている人もいっぱいいるけれど、わたしがやりたいことじゃない、と気がついたんです。

平野　メジャーって、その業界のビジネスのメカニズムを守りながら利益をあげるスキームを確立した大きな組織のこと。メジャーはビジネスのために、つまりは利益をあげるために存在する組織体だから、基本的には「ビジネスになるか否か」だけを考えます。

COMA-CHI　はい。

平野　そういう意味でいえば、太郎も〝メジャー〟には行かなかった。なにしろ絵は売らないと決めていた人でしたからね。「どうすれば高く売れるか、評価されるのか」みたいなマーケティングの発想が1ミリもない。

COMA-CHI　太郎さんのモチベーションって、なんだったんですか?

平野　自身の問題意識や、自分のなかに湧きあがってきたものを吐き出し、世に問うことだったんじゃないかな。その意味では、〝NEW COMA-CHI〟のありようとおなじです。

COMA-CHI なんか、嬉しい（笑）。

平野 いちばんのテーマは、おそらく「人間とはなにか」「人間らしい生き方とはなにか」だった。その一環として、「日本とはなにか」「日本人とはなにか」を考えつづけていたと思います。

COMA-CHI そういうなかで、縄文に着目したんですね？

平野 そう。太郎は縄文こそが「オリジナルの日本」であり、「ほんとうの日本」だと考えた。そしてなにより、縄文時代の生き方こそが人間的だと考えたんです。

COMA-CHI はい。

平野 狩猟採集時代には、いつ殺（や）られるかわからないという恐怖に耐えながら、草むらに潜んで獣を待った。そして獲物が現れたら一斉に飛び出していく。怖かったと思います。でも孤独や恐怖が大きかったからこそ、獲物を仕留めたときには歓喜が待っていた。そこにはなにものにも支配されない自由と尊厳があった。

COMA-CHI すごくわかります。

平野 ところが農耕文化が入ってきて、毎日おなじことを繰り返すようになると、役割分担ができ、官僚型の階級社会ができ、貯蓄をするようになり、「明日も今日とおなじでありますように」と願うようになって。

COMA-CHI 小市民的な安定ですね。

平野 弥生になると、縄文の精神は駆逐され、平べったい社会になってしまった。

COMA-CHI はい。

平野 ところが太郎は、東北と沖縄で、日本人のなかにまだ縄文の精神が宿っていることを発見する。それが太陽の塔がつくられるきっかけになったとぼくは考えているんです。

COMA-CHI 太陽の塔のモチベーションは縄文だったということですか？

平野 ぼくはそう思う。太陽の塔だけでなく、大阪万博で太郎がつくったテーマ館全体が、その思想でつらぬかれていると。一言でいえば、「日本人の血のなかにある誇らかな縄文の心を取り戻せ！」。ほら、この写真を見るとわかりやすいと思うけど……

COMA-CHI これがテーマ館？

平野 そう。これが最初のゾーン「いのち」。タンパク質やDNAなど、生命をつくっている物質が観客を包み込んでいます。真ん中には、さまざまな生命の誕生シーンが映し出されている。そしてこれがつづくゾーンの「ひと」。自然とともに生きた狩猟時代の暮らし、闘争のドラマが描かれています。

COMA-CHI ほんとだ！　さっき話のあった、厳しくも誇らかな生きざまですね。素敵！

平野　次のゾーンは〝神々の森〟を想起させる「いのり」。世界から集めてきた仮面と神像が、呪術的な世界をつくっています。太郎はその中央に自作の巨大な仮面をセットした。それが《地底の太陽》です。

COMA-CHI すごーい！

平野　そこを通りぬけると、いよいよ太陽の塔のなかに入ります。中心にあるのは高さ41ｍの《生命の樹》。アメーバから人類に至る40億年の〝生命の歴史〟を造形化したものです。

COMA-CHI これは見たい！

平野　《生命の樹》は、いちばん下の原生生物から最上段の人類まで、この地球を生きた生きものたちが、時間を超えて1本の樹に〝実って〟いる。

COMA-CHI ダイナミックな空間ですよね。

平野　生物進化の姿を表したものだけど、「アメーバは下等で人間がいちばん上等だ」と言っているわけではなくて、むしろ逆。「足もとをよく見てみろ。人間のなかには40億年におよぶ〝いのちの時間〟が注がれている。過去と未来のすべてが1本につながっているんだ」と。

COMA-CHI 根源を見ろってことですよね？

平野　そう。太郎が大阪万博で語っているのは、けっきょくのところ、アメーバから呪術のこころをもっていた狩猟時代までの話。ぼくたちの血のなかに刻まれているものの話です。

COMA-CHI 縄文のこころを思い出せって言うために？

平野　ぼくはそう思う。「縄文の精神を呼び覚ませ！」「ほんとうの日本を取り戻せ！」って。

COMA-CHI いやもう完璧だ！

平野　（笑）

嘘をつきたくない

COMA-CHI わたしは高校時代に『自分の中に毒を持て』（1988年）という本を読んで、太郎イズムがその後の自分の生き方に作用している気がして。

平野　そういう人、たくさんいますよ。

COMA-CHI 別にずっと意識していたわけじゃないのに、先ほどお話した絵本を描いたときになぜか「太陽の塔」って言葉が出てきて。

平野　うん。

COMA-CHI それで2～3年前に、ある雑誌で縄文の火焔土器を見たときに「ん？」と思って。これからの時代にこういう

縄文との出会いに感動した
太郎は、博物館、遺構、大
学をめぐって縄文土器を見
て歩き、自ら写真を撮った。
そこにはダイナミックな縄
文造形の特質がくっきりと
写し出されている。
(撮影：岡本太郎)

のが大切になるなって直感したんです。

平野　土器を見て？

COMA-CHI　はい。それで縄文土器に興味をもって調べたら、再発見した人として太郎さんの名前が出てきて、「あっ、太郎さんだ！　また出てきた！」って。

平野　（爆笑）

COMA-CHI　つねに引き寄せられているんだなって思いました。だから、今日ここに来ているのもすごく不思議なんです。

平野　それがアルバム『JOMON GREEN』につながった？

COMA-CHI　そうです。でもアルバムを出してから、これはもっと海外にも伝えたいと思って、オーストラリアやタイに行ってライブをやったんですけど、そうやって海外で発信しているときに、自分の根拠が深くなきゃいけないなって気づかされたんです。

平野　縄文に対する深い思いみたいなこと？

COMA-CHI　はい。で、その後、石垣島、西表島でライブをやったんですけど、そのときに、「えっ？　お客さんのほうがぜんぜん縄文じゃない！」って（笑）。

平野　うん（笑）。

COMA-CHI　お客さんのエネルギーのほうがよっぽど縄文なのに、このままのわたしが縄文を歌ってもしょうがない。そう気がついて、石垣島に引っ越しました。

平野　石垣に引っ越した？　ほんとに？

COMA-CHI　はい。

平野　いい話だなあ。

COMA-CHI　（笑）　石垣島に伝わる「八重山民謡」にすごくインスパイアされたりしています。いまはそうやって、新しい音楽を自分のなかに取り入れて、自分なりの新しい音楽をつくりたいっていう段階。そんなときにまた太郎さんのこの本、『沖縄文化論』（１９６１年）に出会っちゃったんです！

平野　ああ、なるほど。これはほんとにいい本だよね。

COMA-CHI　太郎さんは石垣島にも行かれていて、八重山の曲が載っていたりして、「また現れた！」って。ほんとに不思議なんですよね。

平野　COMA-CHIさんは、作品をとおして自分の信念や価値観を世の中に送り出す道を選んだわけだけど、おなじように「オレはこう考える」「オレはこうする」と社会に宣言したのが太郎です。

COMA-CHI　はい。

平野　太郎は「これが世間の常識です」みたいな話はしないし、人から聞いた話もしない。ぜんぶ「オレはこう考える」「オレはこうする」と言うだけ。本に書いていることもぜんぶそうです。なにしろ「法隆寺は焼けてけっこう」って書いちゃう人だから。

COMA-CHI たしかに（笑）。

平野 だれかと利害調整をしていたらこんなふうにはならないし、すべての責任を引き受ける覚悟がなければこんなことはできない。けっきょく、やっていることが〝ビジネス〟じゃないからできるんだよね。これは〝メジャー〟ではぜったいにできない。

COMA-CHI ほんとにそうですね。

平野 一方、〝メジャーの世界〟には多くの人に届く喜びがある。

COMA-CHI はい、ありました。

平野 COMA-CHIさんは、「多くの人に届けたい」よりも、「なにを届けたいか」を上位に置いたってことです。

COMA-CHI 嘘をつきたくないということかもしれません。メジャーのときは、良くも悪くもある種の嘘をつかなければいけない雰囲気だったので。

平野 ビッグビジネスだから、しょうがないよね。

COMA-CHI まわりがビジネスで、そことうまくやらなきゃいけないということも理解はできていたんです。でもそれをやるとわたしが保てない。どちらかを選ばなければならなくなったときに思い出したのは、「なぜ自分は音楽をはじめたのか」ということでした。

平野 自分はなぜラップをやっているのか、自分の役割はなんなのか、なんのために存在してるのか、この先社会とどのように関わっていくのか……。

COMA-CHI 昔からラッパーをやっていて、いまなおつづけているという女性が日本のヒップホップ界にはあまりいないんですね。なので、わたしがつづけることに意味があるし、それがわたしの役割なんじゃないかと考えています。

平野 なるほど。

COMA-CHI ラッパーをつづけるわたしを求めてくれる人がいる限りはつづけてみようと思っているんです。きっとそれが社会との接点だから。

平野 女性ラッパーの草分けとして、自分がラッパーでありつづけることとそれ自体が、他の女性ラッパーの拠り所になるはずだからね。

COMA-CHI あと感謝もあります。じつはわたし、かつては自殺したいと思うほど病んでいたんですけど、ラップをはじめて、そこに怒りをぶつけたり、気持ちをぶつけたりした作品が人に受け入れられたときに治ったんです。

平野 ああ、そうか。なるほど。

NEW ERAとのコラボキャップをかぶって現れたCOMA-CHI。庭で三線を聞かせてくれた。

COMA-CHI　それとヒップホップという枠を出て、ひとりの母親として考えれば、たぶんすべてのお母さんが悩んでいると思うけど、こどもだけの母親になるのか、自分も保っていくのか。わたしは、「こどものことを考えながら自分のライフワークも両立させる」というテーマで生きているので、わたしが両立させて生きることで、世のお母さんたちにとっていい刺激になれば、とも思っています

（2019年5月8日）

N°11 JEMAPUR

太郎さんの実現したかった世界は、現代に生きる者たちにとても重要なメッセージを含んでいると思うんです。

ジェマパー
JEMAPUR

電子音楽家、サウンド・デザイナー。マイクロ・サンプリング、アルゴリズミック・コンポジションなどの抽象度の高い手法を軸に、波動が知覚・認知に対して影響・拡張し得る領域について、ハイパーソニック・エフェクトを用いた研究を重ねている。2018年には映画『太陽の塔』のサウンドトラックを担当するとともに、復元された《地底の太陽》の環境音楽を手掛けた。2019年にはアムステルダムにある複合施設De Schoolにて滞在制作を行い、キャリア初となるエキシビションを開催し、好評を博した。

平野　ネット情報なんかを見ると、ジェマくんの肩書きは「トラックメーカー」「ビートメーカー」って書いてあるんだけど、ぼくにはなんのことやらさっぱりで……

Jemapur　じつはぼく自身は「トラックメーカー」「ビートメーカー」って言われるのは、正直あまりピンとこないんです。

平野　あ、そうなんだ。

Jemapur　「トラックメーカー」や「ビートメーカー」っていう呼称はヒップホップカルチャーとの親和性が高い言葉で。

平野　へえ。

Jemapur　既存の古い音源ソースから一部のフレーズなどを抽出して、それを種として変化させていく〝サンプリング〟っていう方法があるんですけど。

平野　あ、それはわかる。ジェームス・ブラウンとか、スライ&ザ・ファミリー・ストーンなんかがよく使われてるよね？

Jemapur　ジェームス・ブラウンは世界でもっともサンプリングされているミュージシャンのひとりです。ただサンプリングは、場合によっては訴訟問題に発展したり、あまりに〝そのまま〟だとクリエイティビティを疑われたり、といろいろ問題はあるんですけどね。

平野　そうだろうね。

Jemapur　ぼくが興味があるのは、とにかく抽象化すること。サンプリングの一種ではあるけれど、もはや「複製」というより「破壊」のプロセスを経て行われる「創造」に近いと思います。

平野　サンプリングしたフレーズ＝素材を、さらにバラバラに刻むっていうこと？

Jemapur　そうです。秒を分解し尽くしたマイクロ秒単位まで。「グラニュラーシンセシス」って言うんですけど。

平野　グラニュラーシンセシス？　どういう意味？

Jemapur　細胞ひとつの単位まで分解するっていうか……イメージとしては、グラニュー糖を思い出してもらうとわかりやすいかな。

平野　グラニュー糖？

Jemapur　とにかく細かい粒子状にして、それを引き伸ばして並べ替えることによって、1秒の音を20年に伸ばすこともできます。

平野　複製し、極限まで分解した単位音をコピペしてつなげていくイメージ？

Jemapur　そうです。そこまでいくと、もはや元々の音がなんであったのか認識できなくなる。

平野　きわめて初歩的な質問だけど、1秒をさらに細かく刻んでいくとなると、もはや元ネタがジェームス・ブラウンかどうかさえわからないわけでしょう？

Jemapur そうですね。

平野 てことは、サンプリングするのはジェームス・ブラウンじゃなくてもいいってことにならない？　マイルス・デイビスでも北島三郎でも、結果は変わらないわけでしょ？

Jemapur 極論すればそのとおりです。いわゆるヒップホップ的なサンプリングが一種の〝複製〟であるのに対して、ぼくがやっているのは〝精製〟に近い。それが「グラニュラーシンセシス」です。この手法を用いると、元のサンプルがなんであったかがほとんど意味をなさなくなる。いわば〝新たな生命体〟のようになってくるんです。

平野 グラニュー糖がつくる新たな生命体？　おもしろいなあ。

Jemapur （笑）

平野 そういえば、ダースレイダーが「サンプリングのエンジンはその楽曲に対するリスペクトである」って言ってたけど、〝そのまま使う〟ヒップホップとちがって、そこまで跡形もなく切り刻むってことは、ジェマくんのモチベーションはその種のリスペクトとは別のところにあるってことですよね？　「その曲をカッコイイと思ったから」みたいなことではない、別の原理が働いているんでしょう？

Jemapur ……と思いきや（笑）。

平野 おお！（爆笑）

Jemapur どんなに切り刻まれ、たとえ0・1秒になったとしても、音にはその演奏者の魂が宿っている。ぼくはそう考えています。

平野 なるほど。

Jemapur もちろん切り刻むほどに抽象度が高くなっていくわけですが、演奏者がそこに刻んだ痕跡や響きは生きたままだ……

平野 遺伝子みたいに？

Jemapur そうです。遺伝子レベルまで切り刻んで、そこから拡張されていく世界が、電子音ならではの特殊なアプローチとしておもしろいと思っているんです。

生活空間の物理的限界から解き放たれる

平野 ジェマくんの「グラニュラーシンセシス」では、サンプリングした音を、元がなんだったかわからないところまで切り刻み、分子レベルに分解する。その後、分子と分子を結合させることで……

Jemapur 〝生命体〟を……

平野 そう、新しい生命体を生み出す。どれほど切り刻んでも、コンマ何秒であっても、そこには演奏者の技術、情熱、思想……、そういうものが遺伝子のように刻まれていて、いかに単位が小さかろうとゼロにはならない。

Jemapur はい。

平野 さまざまな〝分子〟や〝遺伝子〟を結合させるわけだから、そこではとうぜん〝化学反応〟が起こるわけですよね？ その結果、新たな分子構造ができる。

Jemapur そうです。

平野 とすると、ジェマくんがつくる音楽＝生命体のなかには、さまざまな遺伝子が複雑に組み込まれているということになる。

Jemapur 既存の生命体とは異なる別種の生命を創造しているっていう感じです。

平野 〝神〟だ！（笑）

Jemapur（笑） 技術の進歩やオープンソース界隈の開発者には頭が上がりません。

平野 技術的にはコンピューターの処理速度に依存するわけでしょう？

Jemapur そうですね、完全に依存します。

平野 しかし、だからといってコンピューターがすべてを支配しているわけではないですよね？ 細かく切断する作業は機械がやるにしても、音そのものはコンピューターがつくったわけじゃないんだから。

Jemapur 元々はちがいます。

平野 〝元々は〟？ 気になる言い方だ（笑）。

Jemapur 粒子状にして、それを組み換えていくときにコンピューターを利用するわけですけど、その過程で電子的な——なんて言ったらいいのかな——ある種の揺らぎみたいなものを付加するんですよね。

平野 調味料みたいな話？ エフェクト処理でリバーブを足すみたいな？

Jemapur いえ、なんていうんですかね、素材になっている音源はたしかに物理的に発生した音なんですけど、それをミクロの単位で切り刻んでいくと、物理的な限界から解き放たれるんですよね。

平野 なんだ、それ？ とても音楽の話とは思えない（笑）。

Jemapur たとえば楽器は演奏するときの強さを変えれば表現が変わりますよね？ でもコンピューターを介して細分化された音をもう一回並べ替える作業をしていくと、現実の生活空間にある物理的限界から解き放たれて、別の側面が音に出

音をマイクロ秒単位にまで分解して“精製”する「グラニュラーシンセシス」を実践する電子音楽家JEMAPUR。

てくるんです。

平野　たとえばギターを弾くとき、ピッキングの強さや指のビブラートのかけ方、さらには使用するアンプなどによってもたしかに音は大きく変わる。さまざまなファクターが折り重なってひとつの音が決まる、っていうのは体験的にわかります。逆にいえば、種々の制約がその音をつくっている。

Jemapur　そうですね。

平野　ところがコンピューターを介することで、ピッキングの強さやアンプの特色といった情報から自由になるということ？

Jemapur　そうです。現実世界で起こっているものを細胞単位で見ていくと、時間軸が意味をもたなくなるからです。

平野　あ、そうか。

Jemapur　一つひとつの細胞にしてしまうと、時間を感じたり、物理的な制約がある世界から離れた表現に行けるんですよね。

平野　粒子レベルになれば時間の概念なんか、ないもんね。

Jemapur　そこまで切り刻むことによって、たとえばギターの弦をピーンと弾くと……その音はサスティーンになりますよね。

平野　たとえば10秒で減衰していきます、と。

Jemapur それを切り刻んで引き伸ばしていけば、何万年も響きつづける音に変化させることもできます。

平野 そういうところにおもしろさを感じているんだね。

Jemapur「電子音」は現実空間における身体性や物理限界に影響されないので、頭にあるイメージをそのまま音として具現化するツールとして、じつに魅力的なんですよ。

平野 あ、またむずかしい話？（笑）

Jemapur 電子音ってサイン波（正弦波）と、四角い波形の矩形波、三角形の波形のトライアングル波と、ノコギリ波っていうギザギザの波形と……

平野 波形って、わかりやすく言うと、どういうもの？

Jemapur ラジオの時報で「ピー」って鳴りますよね。あれが正弦波です。

平野 はい。

Jemapur 音とは、空気の振動を鼓膜や聴覚を用いて感知するものなので、目には見えないんですけど、すべての空気の振動は一つひとつちがった個性をもった形を有しています。

平野 なるほど。

Jemapur 電子音の構成要素としての中心的な波形は7種類ぐらいしかないんですけどね。

平野 それは現実世界にある音の波形がそれしかないってこと？

Jemapur 現実世界の波形は分類できないほどに多種多様ですが、この基礎的な波形を用いて、ある程度までの再現をすることは可能です。シミュレーション程度ですが。

平野 その7種類の波形って、ジェマくんにとってどういうものなんだろう？ ツール？ 武器？

Jemapur 〝色〟みたいなものですかね。

平野 つまり〝絵の具〟？

Jemapur 7色の……

平野 うん。てことは、左手に7色の絵の具をもち、右手にはサンプリングで切り刻んだ音の粒子をもってるわけね。

Jemapur そうですね。

平野 左手が絵の具なら、右手はなんだろう？ 筆？

Jemapur だとすると、右手が絵の具で左手が筆かもしれませんね。

平野 ああ、そうか。7種類の筆を使って、無数にある絵の具＝素材で描いているわけだ。

Jemapur そういう感覚に近いかもしれないです。

縄文人のグルーヴに

平野　映画『太陽の塔』の打ち上げでジェマくんとはじめてじっくり話をしたときに、「山に竹を切りに行きまして」とか、「石を拾ったんです」みたいな話をしてくれて。

Jemapur　はい。

平野　この人はなにを言ってるんだろう？　と思ったわけ。音楽家じゃないの？って（笑）。でも、じっさいにその竹で音楽をつくったんですよね？

Jemapur　そうです。

平野　正直に言うけど、いったいそれになんの意味があるんだって思ったんですよ。コンピューターでつくれば簡単じゃないかってね。でも今日こうやって話を聞いて、よくわかったた。要するに〝遺伝子〟が欲しかったわけでしょ？　遺伝子を曲に織り込みたかった。それはけっして機械ではつくれない。

Jemapur　そうなんです！

平野　『太陽の塔』はドキュメンタリー映画だけど、関根監督もぼくも、この映画の肝は音楽だと考えていました。監督とは最初にどんな話をしたんですか？

Jemapur　これを言っていいかわからないですけど……

平野　ＯＫ！（笑）

Jemapur　じつは最初に関根監督から「こういう音がいい」という話があったんです。それを聞いて「これは困ったな」と。

平野　関根さんはかなり具体的なイメージをもっていたわけね。

Jemapur　もってらっしゃったんです。ぼくはぼくで自分なりにあたためていたイメージもあったので。

平野　うん。

Jemapur　で、しょうがないから、最初は監督を無視したというか（笑）、とにかく一度自分なりのイメージを具現化してみよう、と思って進めました。

平野　おお！

Jemapur　監督のリファレンスが具体的だったので、これを聞きすぎるとわからなくなるなと思って。なので、自分なりに「太陽の塔とはなにか」「太郎さんとはどういう人物だったのか」というところを勉強して。

平野　うん。

Jemapur　もともと縄文に対して興味があったので、縄文的な音の響きってなんだろう？　みたいなところから、自分のなかで縄文的な響きを探しはじめたんです。

平野　なるほど。

Jemapur ほかにも縄文の痕跡ってなんだろうと。ＤＮＡって発見された順にアルファベットがついていて、縄文人はＤタイプに属していることを知って。いまの日本でいうと、北海道と沖縄、奄美大島などを中心に分布しています。

平野　あ、そうなんだ。

Jemapur そういうところにまず響きのヒントがあるだろうなと。もうひとつ、縄文人とおなじＤＮＡをもつ人たちがチベットにいる。

平野　うん。

Jemapur チベタンボール、シンギングボールっていうものがあるんですが、それを弓で擦って音をバイオリンの代わりに使いました。

平野　おもしろいなあ。

Jemapur 自分のなかの縄文の解釈を音の遺伝子的なところに見出して使っていけば、縄文の響きになるんじゃないかと。

平野　よくわかる。

Jemapur そんなことを考えていたらおもしろいこともあって。今回演奏者として参加してくれた仲間がふたりいるんですけど、ひとりはぼくが指定した楽器の音を録音してくれました。北海道の白老町というアイヌの郷に住んでいる音楽家の友人なんです。

平野　へえ。

Jemapur もうひとりは沖縄でずっと音楽をやってた人で。だから今回の映画はアイヌのバイブスが入った演奏者と、沖縄・琉球のバイブスが……

平野　すごい！

Jemapur ぼくはぼくで母方が東北、仙台生まれで、父方が長野でして。しかも未だに古式の葬儀の方法をやっているところで。これまでは気づいていなかったんですが、自分のなかにも縄文的な遺伝子が脈々と受け継がれてきているようで。信頼できる仲間が無意識的に縄文要素を有していたり、無意識的なさまざまな巡りあわせというか、縄文的なものに引っ張られて今回の作品に携われたっていうのはおもしろいと思っています。

平野　縄文の遺伝子が織り込まれているものや人で音楽を構成したわけですね。竹も切って叩いたんでしょう？

Jemapur 友人の家の前に竹林があって、そこに切られた竹が転がっていたんです。けっこう長いままの竹と、細かく切った竹と、何種類かの竹を車に積んでもち帰りました。水分を含んだ竹と、ちょっと素焼きにして水分を飛ばした竹と、２種類つくって家のなかでレコーディングしたんです。

(上)映画『太陽の塔』では“縄文人のグルーヴ”をイメージしながら音楽をつくった。
(下)2018年に再生を果たした《地底の太陽》の音楽も担当。映像、照明とともに空間演出をサポートした。

平野　竹をなにかで叩いたの？

Jemapur 竹を竹で叩きました。

平野　その音をコンピューターに読み込んで、ドレミファソラシドに変換したってこと？

Jemapur そうです。

平野　おもしろいなあ。でもそれはおなじサンプリングでも、ジェームス・ブラウンを切り刻んで分子構造みたいに組みあわせるって話と、またちがう話ですよね？

Jemapur 若干ちがいますかね。

平野　竹のドレミファソラシドでメロディをつくったってことでしょ？

Jemapur ポリリズムでつくりました。3拍子と5拍子で。低い音は3拍子でループして、高い音は5拍子でループして、とやっていくと、どんどんズレていくんです。

平野　なるほど、それでグルーヴしていくわけだ。

Jemapur グルーヴしていくんですよ！

平野　メロディをつくっていくというよりも、指示を与えてアルゴリズミックに変化させていくっていう感じ？

Jemapur つねにちがう響きの組みあわせでハーモニーができるように時間軸が進んでいくプログラムをつくったんです。

平野　なるほど。やってることの本質は変わらないんだ。

Jemapur そうですね。

平野　切り刻む尺の長さがちがう。

Jemapur 時間軸のスケールがちがうだけですね。

平野　映画『太陽の塔』の場合は、サンプリングの粒子レベルが荒っぽくなっているっていうことね。

Jemapur あんまりミクロにしてしまうと、映画の中身と話がちょっとズレてきちゃうので。

平野　なるほど。

Jemapur そこは太郎さんにちなんでダイナミックに。やりっぱなしぐらいがちょうどいいだろうと思ったので。

平野　コンピューターで構築しているようにはぜんぜん聞こえない。まるで先住民がやっているみたいだもんね。

Jemapur ピグミーやアフリカの先住民のプリミティブな表現についてはずっと調べて研究していたんです。

平野　あ、やっぱり。

Jemapur アフリカ的なポリリズムの形があるんですけど、それが縄文人だったらどういう数字かなと考えて。

平野　つまり、それがジェマくんが考える〝縄文人のグルーヴ〟ってことだ。

Jemapur まさにそうなんです。

孤独であることの強さを自覚して

平野　ジェマくんの音楽は、「電子音楽」に対して世間一般がイメージする小むずかしさがぜんぜんないよね。
Jemapur　ありがとうございます。
平野　竹のサウンドなんかが典型だけど、とてもプリミティブで、生身の人間がノッてやっているように聞こえる。機械がつくっている冷たい感じがなくて、あったかい。
Jemapur　そうかもしれないですね。あんまり左脳的には考えてないというか。
平野　うん。
Jemapur　右脳の働きを活性化させて、できるだけ本能的に直感を働かせます。エゴとか、社会性とか、倫理とか、そういうことは自分のなかから排除して。
平野　ジェマくんは理念から入っていない。じつはぼく、大きな声じゃ言えないけど、ジョン・ケージ的なものが苦手なんですよ。単純に楽しくないし、聴いていてもノレないから。
Jemapur　君たち、わかるかな？的なところはありますよね（笑）。
平野　いかにも一部のエリートのためにやってるような匂いがして。
Jemapur　はい。
平野　ジェマくんの音楽は、たぶん小学校でもイケる。
Jemapur　聴く人を選ばず、いろいろな人に届けばいいなと思っています。ただやはり「電子音楽はむずかしい」というイメージが根強いので。どうすればもっと多くの人に伝わるのか、ということを日々考えてはいるんですけど。
平野　うん。
Jemapur　いかんせん、コミュニケーションもそんなに得意じゃないし、あまり人と会うこともしてこなかった偏った人間なので。これからそういうところもひらいていこうと思っています。
平野　ジェマくんには、こんど太陽の塔の前室に復元した《地底の太陽》の音楽もつくってもらったわけだけど、そっちはどうでした？
Jemapur　あの地下展示空間はドキュメンタリー映画よりもっと刺激的にしていいんじゃないかと思ったので、より実験的な要素を取り込みました。
平野　すごくいいですよ。
Jemapur　ありがとうございます。
平野　《地底の太陽》はとても迫力のある作品だけど、もちろん動かない。彫刻作品としてじっくり鑑賞する時間はとうぜん必要だけど、いっぽうではあの作品が置かれていた大阪万博テーマ館の世界観も伝えたい。万博当時、《地底の太陽》は単独で鑑賞する〝美術作品〟としてつくられたわけではなく、世界の仮面と神像がつくる呪術的な空間を演出する一要素だったわけですからね。

Jemapur そうですね。呪術的な緊張感を探る工程がとても刺激的でした。

平野 塔内に入る前の空間を体感型の体験空間にするために、映像・音楽・照明を組みあわせて躍動感のある空間にしようと考えたんです。ジェマくんの音はじつに効果的だった。

Jemapur よかった。太陽の塔のなかで流れる音だから、やっぱり躍動してないとなっていう思いがあったので。

平野 よっぽど勉強したんだろうと思いました。

Jemapur 太郎さんが当時やろうとしていたことが、現代社会ではあまり活かされていないというか、届いてない気がしていて。太郎さんをもっと理解して、伝わるといいなと思ってます。ぼくが勉強したことは非常に偏ったごく小さな範囲ですけど、彼の実現したかった世界は、現代に生きる者たちにとても重要なメッセージを含んでいると思うんです。

平野 太郎のどこにいちばん惹かれます？

Jemapur 孤独であることの強さを自覚して、前を向いているところですね。迎合しないところはぼくのスタンスとしてもすごく共感しています。

平野 たしかにね。

Jemapur 自分のなかでは太郎さんのことを調べれば調べるほど、「ああ、そうなんだよな」っていう気持ちがどんどん出てきて。背中を押してもらってるような気持ちです。

（2018年6月13日）

「縄文土器論」を読んで考古学をやめました。

N°12 REIJI ANDO

安藤礼二（あんどうれいじ）

１９６７年東京生まれ。文芸評論家。多摩美術大学教授。早稲田大学で考古学と人類学を専攻。出版社の編集者を経て２００２年「神々の闘争ー折口信夫論」で群像新人文学賞評論部門優秀作を受賞、文芸批評家としての活動をはじめる。『神々の闘争ー折口信夫論』（２００４年）で芸術選奨文部科学大臣新人賞、『光の曼陀羅　日本文学論』（２００８年）で大江健三郎賞と伊藤整文学賞、『折口信夫』（２０１４年）で角川財団学芸賞とサントリー学芸賞を受賞。著書に『大拙』『列島祝祭論』『迷宮と宇宙』など多数、監訳書に井筒俊彦『言語と呪術』。

平野　岡本太郎との出会いはどんな感じでした？
安藤　最初の出会いはテレビです。物心ついたとき、ちょうど「芸術は爆発だ」とか「グラスの底に顔があってもいいじゃないか」といったCMをリアルタイムで見たんです。インパクトがあったからよく覚えていますが、太郎が何者なのか、についてはまったくわからないままでした。
平野　安藤さんの世代の、ごく標準的な出会い方ですよね。その後、本格的に太郎と向きあうようになったのは？
安藤　大学に入って民俗学やシュルレアリスムに興味をもちはじめたときに、改めて太郎に直面したんです。
平野　というと？
安藤　たとえばジョルジュ・バタイユを調べていくと、すぐそばに太郎がいる。あるいは、わたしは大学で考古学を専攻したんですが、縄文土器の研究史を紐解いていくと、やっぱり太郎が出てくる。
平野　はいはい。
安藤　学問としての縄文土器研究というと、年代の物差しでしかなかったけれど、そこに割り込んできた太郎が縄文土器の「おもしろさ」をはじめて語った。
平野　いまさらっとお話になってますけど、どう考えてもフツーじゃない話ですよね。だって安藤さん、大学では考古学を専攻していたんでしょう？
安藤　そうです。
平野　なぜ考古学をやっていた人の口からシュルレアリスムやバタイユ、民俗学なんていう単語が出てくるんです？
安藤　2011年の震災で大きな被害を受けた三陸沖の田野畑村というところがあるんですが、そこにある縄文時代の列石遺構が研究のフィールドで。
平野　大学のころ？
安藤　そうです。そこで縄文の研究をしているうちに、田野畑村は遠野に近いし、自然に「鹿踊り」なんかを知ることになって。いつの間にか民俗学に近づいていったんです。
平野　ああ、そうか。てことは、民俗学は大学で教授についてゴリゴリ学んだってわけではない？
安藤　趣味みたいなものです。でも東北という広いフィールドのなかで、北方文化にも行き着いて。次第にシャーマニズムなどにつながっていきました。
平野　たしかに縄文文化は北方とつながっているだろうし、その先にはシャーマニズムなんかもあるんだろうけど、普通の考古学研究者はそんなところには立ち至らないでしょ？かなりヘンな学生だったんだろうな。
安藤　かなりヘンでしたし、ズレてました（笑）。自分がやりたい考古学と、当時の学問としての考古学の間にかなり差があるという意識もあって。

平野 そうでしょうね。

安藤 だから太郎の「縄文土器論」（１９５２年）を読んだときに、「あっ、これだ！」って思ったんです。

平野 学生時代に「縄文土器論」を？

安藤 読みました。わたしが最初に読んだ太郎の文章が「縄文土器論」です。

平野 あの時代に「縄文土器論」から太郎に入った？ やっぱり変わってるなぁ(笑)。

安藤 「縄文土器論」って、すでに人類学を基盤としていましたし、とても深いと思いました。わたしの大学時代は１９８０年代だったんですけど、当時の考古学の世界では、いわゆる弥生と縄文のちがいを……

平野 狩猟採集は野蛮で、弥生時代の定住農耕ではじめて文明を手に入れた、みたいな？

安藤 そうです。でも太郎は、縄文はいまでいう持続可能な文化なんだとすでに言っている。じじつ1万５０００年以上持続した文化だったわけです。それを50年代に言っていたのですから、驚くほかありません。

平野 狩猟採集社会は定住農耕社会に比べて野蛮で劣っていたわけじゃなくて、むしろサスティナブルで安定した社会システムを築いていたってことですね？

安藤 そうです。そのヴィジョンこそが、わたしが80年代に「縄文土器論」からまず学んだことなんです。太郎はそれをきわめて早い段階で言っている。それが大きな驚きでした。

平野 でも、当時のアカデミズムは太郎を相手にしていなかったでしょ？ 「太郎を読め！」なんていう先生はひとりもいなかったにちがいない。

安藤 わたしは早稲田大学の文学部出身なんですが、アカデミックな考古学とはちがうフィールドでおもしろいことをやっている人たちがキャンパスのいたる所にいたんです。人類学や民俗学や、それらを芸術とミックスしようとしたり。そこで狩猟採集というシステムは野蛮や未開ではなく、人間が生きるうえでじつにすぐれたシステムだったのではないか、という議論が行われていて。

平野 へえ、それはすごいな。

安藤 そんなふうにして、わたしのなかにさまざまなものが重なりあってきた。わたしは「人類学や民俗学的なものから芸術を考え直した人」として太郎を認識しているんです。

呪術が芸術の核心

平野　それほどの衝撃を受けた論文を書いたのが、こどものころに見ていた〝バラエティ番組で芸人にイジられていたゲージュツカ〟だったってことを知ったときは驚いたでしょう？

安藤　それはもう！（笑）論理的で知的で、しかも描写力がすごい。学者が書いた文章を読んでも縄文土器のイメージなんてまるで湧かないのに、太郎の文章を読むと目の前に土器があるみたいで。

平野　うん、わかる。

安藤　でも当時は太郎の本がほとんど手に入らなくて。

平野　古本屋をまわるか図書館に行くしかなかったですからね。

安藤　なので、わたしは図書館まで読みに行ってました。

平野　太郎が亡くなったとき、普通の本屋に置いてあるのは『自分の中に毒を持て』（1988年）くらいでしたから。

安藤　で、図書館で太郎の本を探しているうちに、『沖縄文化論』（1961年）や『神秘日本』（1964年）に出会って。それがまたメチャクチャおもしろかったんですよ。こんなにすごい人がいたんだと驚きました。『神秘日本』にはオシラ様の話が出てくる。わたしはずっと東北に調査に行っていたので……

平野　その風景がリアルに実感できたわけですね？

安藤　そうなんです。太郎の著作と、柳田國男がオシラ様について書いた『遠野物語』（1910年）を読み込んでいくのが、ほぼ同時でした。

平野　でも大学の研究室でアカデミックな考古学を学んでいる立場としては、太郎にハマるのはまずいなっていう感じはなかったんですか？「ダメだ。こんなことをしていたら、オレ、道を踏み外しちゃう」みたいな（笑）。

安藤　なので考古学、やめました。

平野　おお！（爆笑）

安藤　もともと研究のようなことが好きだったので、研究者になりたいという思いもあったんですが、太郎の縄文論といま自分たちがやっている考古学を比べて、ああ、これはダメだなって。

平野　アカデミックな考古学がつまらなく思えてきちゃったってことでしょう？　そうやって太郎のせいで道を踏み外した人、けっこういるんです。

安藤　（笑）まあしかし、考古学をやったおかげで縄文を知

民俗学、考古学、思想史など、さまざまな領域を自在に行き交いながら太郎を読み解く安藤礼二。太郎が描いたのは「呪術師のトランス状態」だったと語る。

ることができたわけですし、太郎と出会えたわけですからね。それに縄文とつながっていくヨーロッパの洞窟壁画を知ることもできましたし。

平野　洞窟壁画？

安藤　そう、ラスコーに代表される洞窟壁画です。それがアンドレ・ブルトンやジョルジュ・バタイユなど、シュルレアリスムやアヴァンギャルド芸術に大きな影響を与えたんです。

平野　安藤さんはなぜシュルレアリスムを？　民俗学ならまだわかるけど、シュルレアリスムって、考古学からいちばん遠い世界でしょ？

安藤　わたしが学生時代を送った１９８０年代って、いろいろな意味でバブルだったんですよ。表現の分野でも、映画とか演劇とかさまざまなジャンルに自由にアクセスできるようになった。そうやって時代やジャンルを超えて表現世界を一望したとき、いちばんおもしろいのが１９２０年代〜30年代の芸術運動、シュルレアリスムだったんです。山口昌男さんなどの人類学者も「20年代〜30年代の芸術がすごくおもしろいんだ」と言っていました。

平野　へえ、山口さんがそんなことを言ってたんだ。

安藤　中沢新一さんなども、人類学や民俗学などの学問と芸術はものすごく接近していたと言ってます。民俗学の柳田國男、折口信夫や南方熊楠とシュルレアリスム、アヴァンギャルド芸術、さらには現代哲学は近しいんだって。そう考えると、バラバラだと思っていたものがひとつにつながっていく。そして太郎はそれらを総合した人なのではないか、ということに思い至ったんです。

平野　太郎が〝総合者〟？

安藤　そうです。もちろん最初から結びついていたわけではありません。わたしは大学を卒業してすぐ出版社、河出書房新社に入ったんですが……

平野　編集者を？

安藤　はい。13年間サラリーマンをやりました。出版社に入って自分はなにをつくりたいんだろうって考えたときに、やはりシュルレアリスムをやり直そう、と。それでブルトンなどの著作を手がけるようになったんです。

平野　河出書房はシュルレアリスムの伝統もありましたよね。

安藤　そうなんです。ただ、そのあたりを新しくやり直そうという編集者がいなかったので、たまたま興味をもっているわたしが引き継がせてもらえた。そのときにはまだ形になっていなかった本もたくさんあって。ブルトンの『魔術的芸術』（1957年）などです。

平野　いま手に入らないやつだ。

安藤　あ、よくご存じですね。じつはあの本の書名は『呪術的芸術』とするのが正しいんですよ。芸術の根源には呪術があるという本でして。

平野　根源？　呪術？　まさに太郎好みのワードじゃないですか。

安藤　呪術と芸術。しかもラスコーの洞窟壁画や未開社会の仮面。そういったものをブルトンは芸術のいちばんの核心だと論じているんです。

平野　それって……

安藤　どこかで聞いたような話だと思いますよね？　まさに岡本太郎そのものなんです。ちょうど90年代に太郎の本が徐々に再版されるようになったので、系統立てて読んでみたら、民族学、人類学、考古学を、「人間とはなにか？」という視点で、日本で唯一つないでいた人こそ太郎だったと気づいたんです。

人間の原型とはなにか

平野　「岡本太郎は〝総合者〟だった」という安藤さんの見方はじつにおもしろいし、新しい。従来の太郎観とはベクトルが逆だから。

安藤　そうですか?

平野　みんな「太郎は〝多面体〟だった」と言ってきたんです。さまざまな顔をもつマルチな表現者であることが太郎の特性だって。

安藤　ああ、なるほど。

平野　じっさいいろいろな表現ジャンルに進出していったし、思想やフィールドワークの領域でも画期的な仕事をしている。

安藤　そうですね。

平野　いままでの太郎に対するイメージは「同時並行でいろんなことをやった人」であり、「次々とちがう球を投げた人」であって、「つないだ人」っていう見方はなかったんじゃないかと思います。安藤さんがはじめてじゃないかな。

安藤　そんな大層なものじゃないです(笑)。

平野　考古学、シュルレアリスム、民族学……。それぞれは互いに無関係に存在しているもので、交差することなんてないだろうと多くの人は考えていると思うんですよ。じっさいぼくもそう思ってた。でも太郎にとっては区別なんかなかったし、すべてをおなじ土俵のうえに並べていたっていう分析はじつに新鮮で、おもしろい。たしかにそういうふうに見れば、太郎のやっていたことがすっきりと見えてきますもんね。

安藤　そう思います。

平野　太郎は総合者だった、という見方に至った経緯をぜひお聞きしたい。けっきょく太郎って何者なの?　っていう。

安藤　わたしにとって太郎という存在はじつにはっきりしていて、それは「ジャンルをすべて乗り越えてひとつの表現の原型を突き詰めていった人」です。

平野　ジャンルを「横断した」んじゃなくて「乗り越えた」?

安藤　編集者時代、わたしはシュルレアリスムなどヨーロッパの現代芸術を見ていたわけですが、そのとき強く感じたのは、「すぐれた表現者は時間的にも空間的にも外側を目指すものだ」ということです。空間的には「未開」、時間的には「古代」。しかし太郎は、それらを自らの内に見出した。そこに「表現の原型」を見出し、それしか関心をもたなかった。

平野　あのー、いまの話、ちょっとむずかしくて、なにを言ってるのかわかんなかったんですけど……

安藤　(笑)　言い直しますね。ヨーロッパの人たちは、とうぜんながら「ヨーロッパの現在」にいちばん価値があると考えているわけですよね?

平野　もっともすぐれているのは西洋文明であり、西洋文明が世界をリードしているっていうことですね。

安藤　ヨーロッパの人たちは自分たちの芸術が世界の中心だと思っている。逆にいえば、それとは異なった新しいものを探求しようとすれば、自分たちの外側に求めるしかない。

平野　なるほど。辺境に旅して見つけてくるしかないわけだ。

安藤　でも、ヨーロッパの人たちにとっての「外側」が、太郎にとっては「内側」だったわけでしょう？

平野　あ、そうか。世界の中心はヨーロッパだと考えるヨーロッパ人にとっては、アフリカだろうがアジアだろうが、みんな外側にある探索の対象だった。でも太郎にとっては、旅するもなにも、最初っから自分自身が辺境だったわけですもんね。

安藤　そうです。

平野　そこで太郎は、ヨーロッパ人にとっての時間的、空間的な「外側」に、自分自身の「内側」を探ることで到達できると考えたと？

安藤　わたしはそう考えています。しかもヨーロッパ人たちは、自らの「外側にあるもの」をヨーロッパを補完する材料としてしか見ていない。

平野　他者であり、いわば「お客さん」としか見られないヨーロッパ人に対して、太郎は日本人だから……

安藤　内側の視点で。ヨーロッパ人が外側に探求しようとしたものを、すべて自分の内なる問題として捉え、ひとつに束ねようとしたのではないのか、と。

平野　内側にいる人間にしかできないことはなにかを考えた末に、ヨーロッパ人にとっての「外側」をひとつに総合しようとしたのではないか、っていうことですね？　メチャクチャおもしろいな。

安藤　わたしにとって、太郎の思想としてもっともおもしろいのは「縄文土器論」から『沖縄文化論』、そして『神秘日本』にいたる一連の著作、そのフィールドワークです。ヨーロッパのすぐれた表現者だったブルトンやバタイユなどはわざわざ外に求めに行かなければならなかったのに……

平野　「探検者」として？

安藤　そうです。しかし太郎は、外ではなく自分自身の内を深く掘り進めることによってそこに到達しようとしたんじゃないのか。もしくは、できたんじゃないのか。

平野　太郎は、ヨーロッパで生まれたアヴァンギャルド芸術に大きな影響を受けながらも、自分の生まれた地を徹底的に突き詰めることによって、ヨーロッパの人たちが到達できなかったような深みに到達することができたんじゃないか、ってことですね？

安藤　そうです。

平野　18歳でヨーロッパに渡ったとき、太郎がパリに骨を埋めるつもりだったことは疑いない。つまりヨーロッパに同化

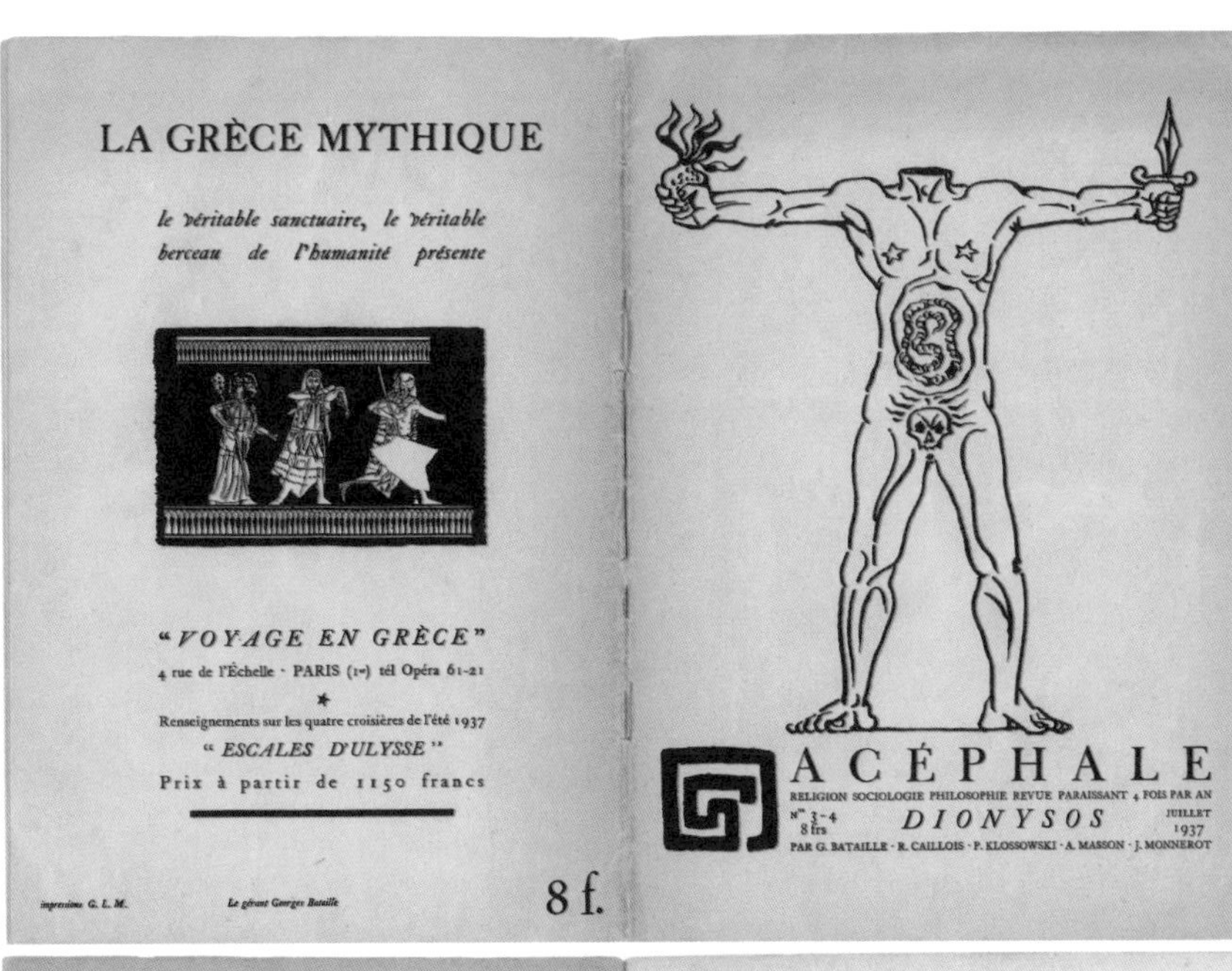
LA GRÈCE MYTHIQUE

le véritable sanctuaire, le véritable berceau de l'humanité présente

"VOYAGE EN GRÈCE"

4 rue de l'Échelle · PARIS (1er) tél Opéra 61-21

Renseignements sur les quatre croisières de l'été 1937

" ESCALES D'ULYSSE "

Prix à partir de 1150 francs

Impressions G. L. M. *Le gérant Georges Bataille*

8 f.

ACÉPHALE

RELIGION SOCIOLOGIE PHILOSOPHIE REVUE PARAISSANT 4 FOIS PAR AN

Nos 3-4 8 frs DIONYSOS JUILLET 1937

PAR G. BATAILLE · R. CAILLOIS · P. KLOSSOWSKI · A. MASSON · J. MONNEROT

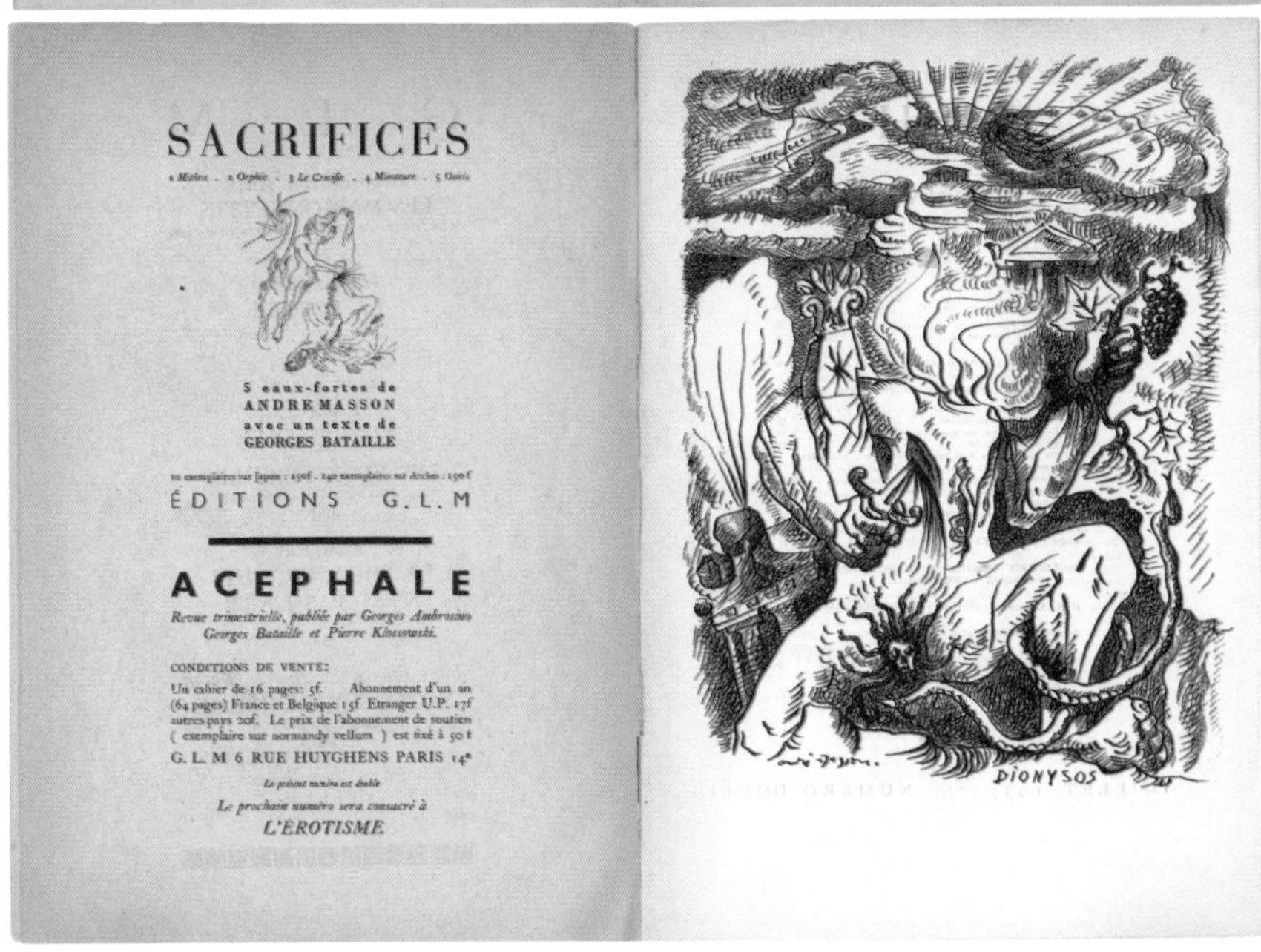
SACRIFICES

5 eaux-fortes de ANDRE MASSON avec un texte de GEORGES BATAILLE

ÉDITIONS G.L.M

ACEPHALE

Revue trimestrielle, publiée par Georges Ambrosino Georges Bataille et Pierre Klossowski.

CONDITIONS DE VENTE:

Un cahier de 16 pages: 5f. Abonnement d'un an (64 pages) France et Belgique 15f Etranger U.P. 17f autres pays 20f. Le prix de l'abonnement de soutien (exemplaire sur normandy vellum) est fixé à 50 f

G. L. M 6 RUE HUYGHENS PARIS 14e

Le prochain numéro sera consacré à

L'EROTISME

1937年7月発行の雑誌『アセファル(無頭人)』3-4合併号。特集「DIONYSOS」のテキストはバタイユが、挿画をアンドレ・マッソンが担当している。バタイユが組織した同名の秘密結社に太郎も参加していた。

し、ヨーロッパの人間として生きるつもりだった。じっさい「まずはフランス文化や西洋文明を学ばねば」と考えて寄宿制の学校に入った。ところが……

安藤 もっともすぐれたヨーロッパの芸術家たちが注目していたのは、西洋自体ではなく西洋の外側にあるものだった。

平野 そりゃ、ブッ飛んだでしょうね（笑）。せっかく中心にたどり着いたと思ったら、中心にいる人たちがみんな外を向いていたんだから。「あれ？ オレはなにをやってるんだろう？」って話だもんなぁ。

安藤 （笑）外っていうのは、日本を含むアジアだったり、アフリカだったり……あるいは未開や古代の呪術だったりするわけですが、そういうものに触れて、太郎にも発見があったにちがいありません。

平野 ぼくが太郎の行動でいちばん理解できないのは、戦後になってもパリに戻らなかったことなんですよ。

安藤 戻ろうと思えば戻れたわけですし、パリの人たちも諸手をあげて歓迎してくれたでしょうからね。

平野 だれがどう考えたって、戻ったほうが得だし、太郎自身がそれをいちばんよくわかっていたはず。パリ時代の友人たちはみんな世界的な芸術家、思想家になっているわけで、キャリアを考えれば太郎だってそうなっていた可能性が高いわけですからね。

安藤 そうですね。

平野 であるにもかかわらず、太郎は戻らなかった。なぜだ？ とずっと考えているんだけど、いまの安藤さんの話が答えのひとつかもしれない。つまり、ヨーロッパ人がヘトヘトになってたどり着かなきゃいけない場所に、自分は最初から立っている。この状況を利用しない手はない、ってね。

安藤 わたしはそう思っているんです。戦後、「ここここそが自分が立つべき場所なんだ」っていうことを、『縄文土器論』や『神秘日本』を書き上げることによって掴んだのではないのか。そういう気がするんですよ。

平野 戻る必要を感じなかったっていうことですね。

安藤 もちろんパリで抽象表現をきわめていなければ太陽の塔は生まれなかったでしょう。しかし、パリだけでもやっぱり生まれていない。太陽の塔の背景には、「縄文土器論」があり、沖縄の祝祭の発見があったことは確実だと思います。なにもない聖なる場所で、超現実と現実をつなげるシャーマンたちに出会って。しかも彼ら、彼女らはけっして未開でも野蛮でもなく人間の原型的な存在なんだという発見があって。そういった体験がなければ、太陽の塔はできなかったと思うんです。

平野　太郎は「人間の原型とはなにか」を探求しようとした人だったということですね？

安藤　そうです。わたしにとって太郎とはそういう人です。人類学や民族学、それらを生み出したヨーロッパの文化などは重要ではあるが、人間のとる形のひとつに過ぎないと考えていた。それは日本に対しても同様です。

平野　なるほど。

安藤　ヨーロッパの側から見れば、太郎はパリに来た野蛮人でしょう。しかし、そんな自分のような野蛮人のなかにこそ、人間にとって原型的なものが存在しているはずだ。ヨーロッパに来なければそういう意識って芽生えないと思うんですよ。

平野　たしかに！

安藤　日本の内側にとどまっていたら「日本最高！」みたいな、いわゆるファシズム的なものに巻き込まれていたかもしれない。でもヨーロッパにいたからこそ、そういう事態を回避できたと思うんです。

平野　憧れのパリに行けたにもかかわらず、西洋美術にどっぷり浸かるのではなく、「人間にとって原型とはなにか？」に関心が向いた。そして自分は、日本というそれを探るのにいちばんいい場所にいるじゃないかと気がついた。そういうことですね？

安藤　そうです。

平野　それにしても、なぜ太郎はそんなことに興味をもったんだろう？

安藤　太郎がつきあっていたジョルジュ・バタイユが主宰する『ドキュマン』という雑誌がありますが、そこには未開や古代のオブジェが写真入りで紹介されているんです。縄文土器もそうです。

平野　あの時代に？

安藤　そうなんです。フランスには、ブルトンやバタイユも大きな刺激を受けた人類学や民族学を学びに来ていた日本人たちが何人もいたんです。そういった動きと対照的に、フランスの洞窟壁画の最大の研究者と言われているアンドレ・ルロワ＝グーランのように日本に来て、アイヌや縄文に出会う人もいた。

平野　当時からそういった人や情報の行き来があったわけですね。

安藤　そうしたなかで、未開や古代にはイメージ的な思考方法が存在していたんだという認識が芽生えた。その一例が縄文土器であり、洞窟壁画だった。太郎が「縄文土器論」で述べているように、土器は明確な文字ではないけれど、あきらかになにかを語っていますよね？

平野　はい。
安藤　つまり人間のなかには、言葉ではなく、イメージ的な思考をそのまま造形できる人たちがいるんだと。
平野　ああ。
安藤　アイヌの人たち、縄文の人たちが残した造形的な表現、装飾的な表現を見る見方でフランスの洞窟壁画を見る。もしくはフランスの洞窟壁画を見る見方で日本の縄文土器を見る。それが１９２０年代、30年代、さらにはバタイユの『ラスコーの壁画』やブルトンの『魔術的芸術』や太郎の「縄文土器論」が相次いでまとめられる１９５０年代に、彼らがみな実現しようとしていたことなんです。

太郎が描いたのは「呪術師のトランス状態」

平野　アイヌの人たちや縄文の人たちを見る見方でフランスの洞窟壁画を見る。あるいはフランスの洞窟壁画を見る見方で日本の縄文土器を見る。そういったことを、太郎はパリ時代に知り、おもしろいと感じた？
安藤　はい。だから、頼まれもしないのにミュゼ・ド・ロム（人類学博物館）に通い、マルセル・モースの薫陶を受けた。
平野　50年代に日本全国を精力的に回っているけれど、あれはあきらかにフィールドワークですもんね。
安藤　まさにそうです。ヨーロッパで培った民族学の方法を日本で展開していった。そのときに思いもかけないものに出会ったんだと思うんです。
平野　仮面や祭具など、ヨーロッパでは研究対象だったものが日本ではまだ生活のなかにあった。
安藤　博物館でだけ見られると思っていたものが、沖縄では生活のなかに生きていた。いまだに社会を成り立たせる大事なものだった。バタイユなんかと一生懸命勉強して掴んだ「聖なるものが社会をつなぎあわせる」というテーマが、沖縄に行ったら、まさに日常として存在していた。
平野　それでまたブっ飛んだんだろうな。
安藤　いまでさえ太郎が行ったところをすべて訪れるのは大変なことですけれど、当時は、いまよりもはるかに大変だったわけです。それにもかかわらず精力的に動きつづけた。
平野　東北にしろ沖縄にしろ、太郎にはすごくおもしろかったんでしょうけど、でもそれは人類学的なおもしろさ、知的なおもしろさですよね。そういった知的好奇心を満たすってことと、絵を描くってことはなにか関連があったのかな。やっぱりどこかでつながっているんですかね？
安藤　わたしは完全につながっていたと思います。太郎はこう考えたんじゃないでしょうか。「絵はただ単に自分の内面のイメージを映すだけじゃなくて、自分の外、社会になにかを生み出さなきゃいけない」。

平野　はい。

安藤　たとえばブルトン、バタイユ、アルトーはほぼ同時期に生まれているんですけれど、アルトーなんてメキシコまで行って先住民たちと一緒に演劇の根源を探るわけです。

平野　やっぱり外に求めていくわけだ。

安藤　それとおなじだと思うんですよ。太郎も歌と踊り、お祭りのなかに演劇の起源、芸術の発生があると考えていたと思うんです。だからこそ、だんだんタブローだけじゃなく、彫刻をつくりはじめ、さらには「場所そのもの」をつくるようになった。

平野　たしかに空間的になっていきますね。

安藤　そうした事実こそが人類学、民族学的な研究と太郎の表現が切り離せない関係にあったことを物語っているような気がするんです。聖なる場所とはなにか、祭とはなにか。それが太郎の研究と表現を貫いていると思います。

平野　太郎は祝祭や呪術を勉強していたわけだけど、太郎の創作行為は、ある意味でそういったものを実証する行為だったのかな？

安藤　呪術的な世界というのは抽象的な概念ではなくて、仮面や神像などに受肉しなければ力をもたないんです。現在の芸術家が失っているのは、そういうことではないのか。自分がつくっているものを単なるモノだと思っていると、芸術は死んでしまうのだと。

平野　なるほど。

安藤　呪術師は自分たちがつくっているモノにこそ神秘的な力が宿ると考えている。それが未開とか野蛮などと言われている人たちがやっていることです。

平野　そういったものこそ自分がつくる芸術だと太郎は考えた？

安藤　そうです。

平野　もしそうなら、太郎にはそこらの作家がつくっている近代彫刻は単なるオブジェに見えたかもしれないな。精神的なものが注入されない限り、そんなものは芸術じゃないと。

安藤　だから太陽の塔のいちばん下に仮面や神像など、超現実的な力が宿っているような呪物を置いたんだと思いますね。

平野　それで太郎はレプリカを嫌ったんですね。壮大なプロジェクトを起動させて世界中からほんものを集めましたからね。

安藤　レプリカだと力にならないんですよ。

平野　だとすると、立体だけでなく油絵などの平面作品もそうなのかな？　安藤さんから見て、なにか呪術めいたものを感じます？

安藤　どのタブローを見ても、自分はシャーマンのようにものをつくるんだっていう意識が強くあったと感じます。だからこそシャーマンが見たような風景を、絵画として定着させようとした。

平野　そうか！　絵描きとしての太郎が描いたのは、すべて「いきもの」であり「いのち」です。なにせみんな眼がありますからね。なにを表したものかはわからないけど、「いきもの」であり「いのち」だってことだけはわかる。まさにシャーマンの見る世界が描かれているのかもしれませんね。

安藤　極私的な読み解きですけれど、まちがいなく「呪術師のトランス状態」を描いているんだと思います。自分も他人もなくなってしまい、自分の意識と宇宙の意識が一体化してしまうような世界に到達する。そこから生まれてくるヴィジョンを表現する。そこには抽象イメージだけじゃなく、具体的なモノも絶対にあるはずなんです。抽象にして具象。それを造形化していったものが太郎の彫刻になったんじゃないでしょうか。

「原型的なものを思い出せ」

平野　太郎は民族学のロジックを選び、主観や情を形にするときにもそのロジックを失わなかった。そういうことなんだと思いますが、太郎はその方法をパリ時代に身につけたわけですよね？

安藤　わたしは、岡本太郎が真の意味で岡本太郎になったのは1950年代以降だと考えています。客観的な知識と主観的な感情の双方をあわせもつことで新しい表現がつくられていく、ということを学んだのはもちろんパリ時代ですけど。

平野　つまり、方法としては学んでいたけれど、パリ時代にはまだ実践できていなかった。それがはじめて形になったのは「縄文土器論」からだ。そういうことですね？

安藤　そうです。さらに言えば、縄文土器はたしかにモノだけど、たんなるモノというだけでなく、モノが生まれる「場所」をも含んだ概念である。呪術師がつくる神像もそれが実際に生きられる場所がなければ意味をもたない。太郎はそういった場所を探っていったんだと思うんですよ。

平野　なるほど。

安藤　神像や仮面は普通の場所ではつくれないと考えた。祭の中心のような場所でないと、現実に存在する有限のモノのなかに無限の力を宿すことはできない。それらが置かれる「場所」こそが重要なのだと考えたんじゃないか。

平野 太郎は「縄文土器論」に「縄文時代には〝見えない力〟に呼びかけていた」って書いているけど、じっさいに呪術や魔術などの超自然的な力の存在を信じていたわけではない。じっさい「わたしたちには、すでに四次元との対話はありません」って書いてますもんね。

安藤 それはそうだと思います。ただ「縄文土器論」でおもしろいのは、「空間そのものを造形しようとしている」と書いているところです。土器はただの容れ物ではなく、三次元のなかにもう一段高い次元を織り込もうとしている。太郎が彫刻をつくりはじめるのは50〜60年代ですよね？　おそらく自分にとっての縄文土器をつくろうとしたんじゃないでしょうか。

平野 縄文土器には、縄文人の精神や心のありようを練り込もうとする意思の力があった。

安藤 呪術師がつくる仮面や神像などと近しいと思います。

平野 そう考えていった場合、太陽の塔はどういう存在だということになりますか？　直感的にいって、岡本芸術の集大成であり、太郎がやってきたことがぜんぶ投入されているように見えるけど。

安藤 太陽の塔は、太郎自身が探求してきた民族学の「研究の成果としての人間の原型」と、自分がつくってきた「表現の成果としての人間の原型」が合体したものではないか、というのがわたしの見方です。

平野 いま「研究」と「表現」というふたつのキーワードが出てきましたが、それぞれどんなふうにイメージしたらいいですか？

安藤 研究は客観的で、表現は主観的。研究を「知」とすれば、表現は「情」です。

平野 右脳と左脳みたいなことですね。

安藤 普通はどちらかを選ばされるわけですよ。でも選びたくない人たちもいっぱいいる。たとえばわたしが関心をもってきたブルトンやバタイユ、折口信夫や南方熊楠のような人たち。自分のやっていることは客観的でもあるし主観的でもあるんだという人たちです。彼らは、主観的な感情をできるだけ客観的に造形化し、表現することによって、多くの人たちに共感してもらえるものをつくるわけです。

平野 いわばふたつの道をひとつに重ねた末に、究極のモノとして太陽の塔が生まれたと。

安藤 わたしはそう考えています。

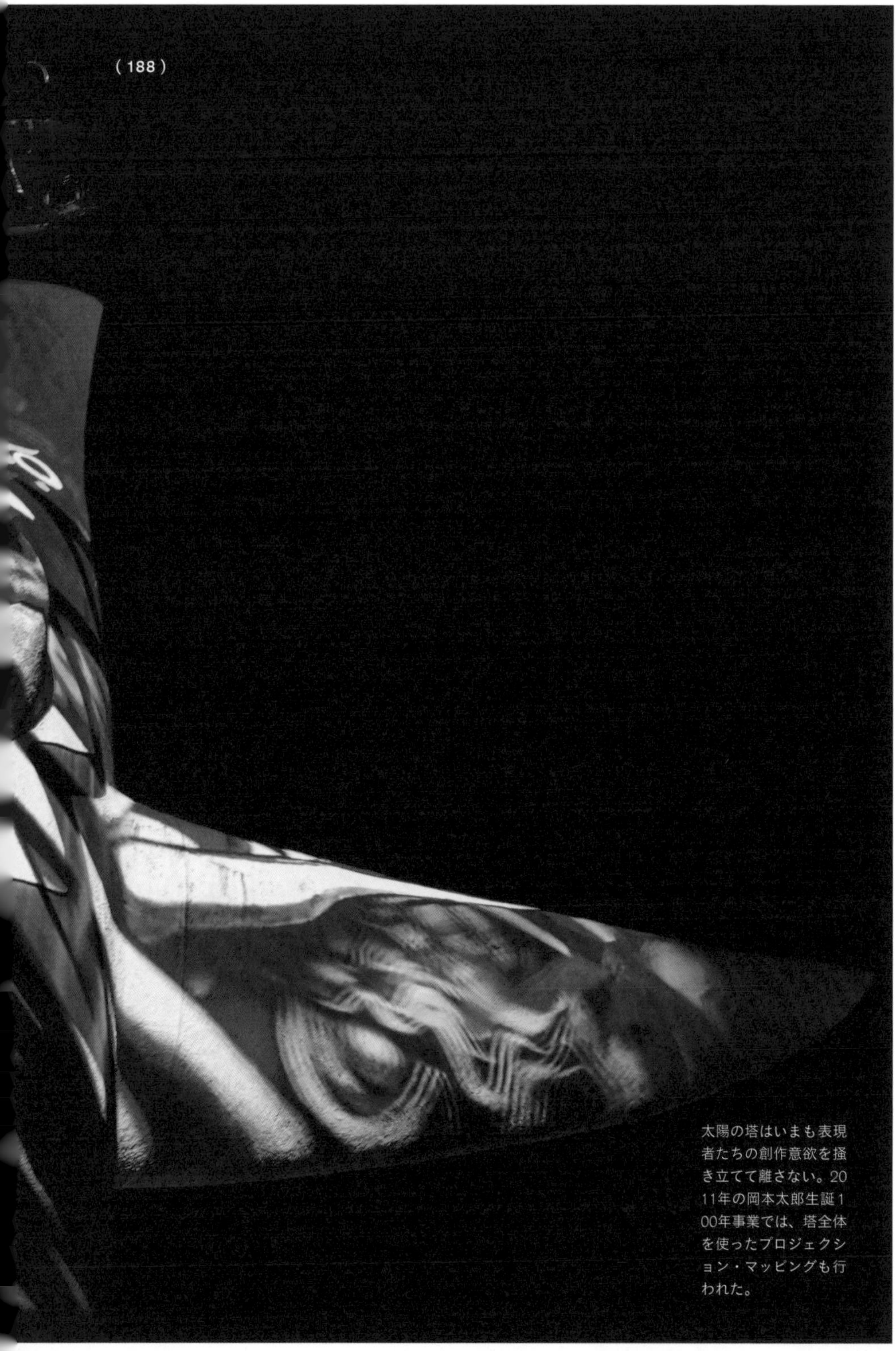

太陽の塔はいまも表現者たちの創作意欲を掻き立てて離さない。2011年の岡本太郎生誕100年事業では、塔全体を使ったプロジェクション・マッピングも行われた。

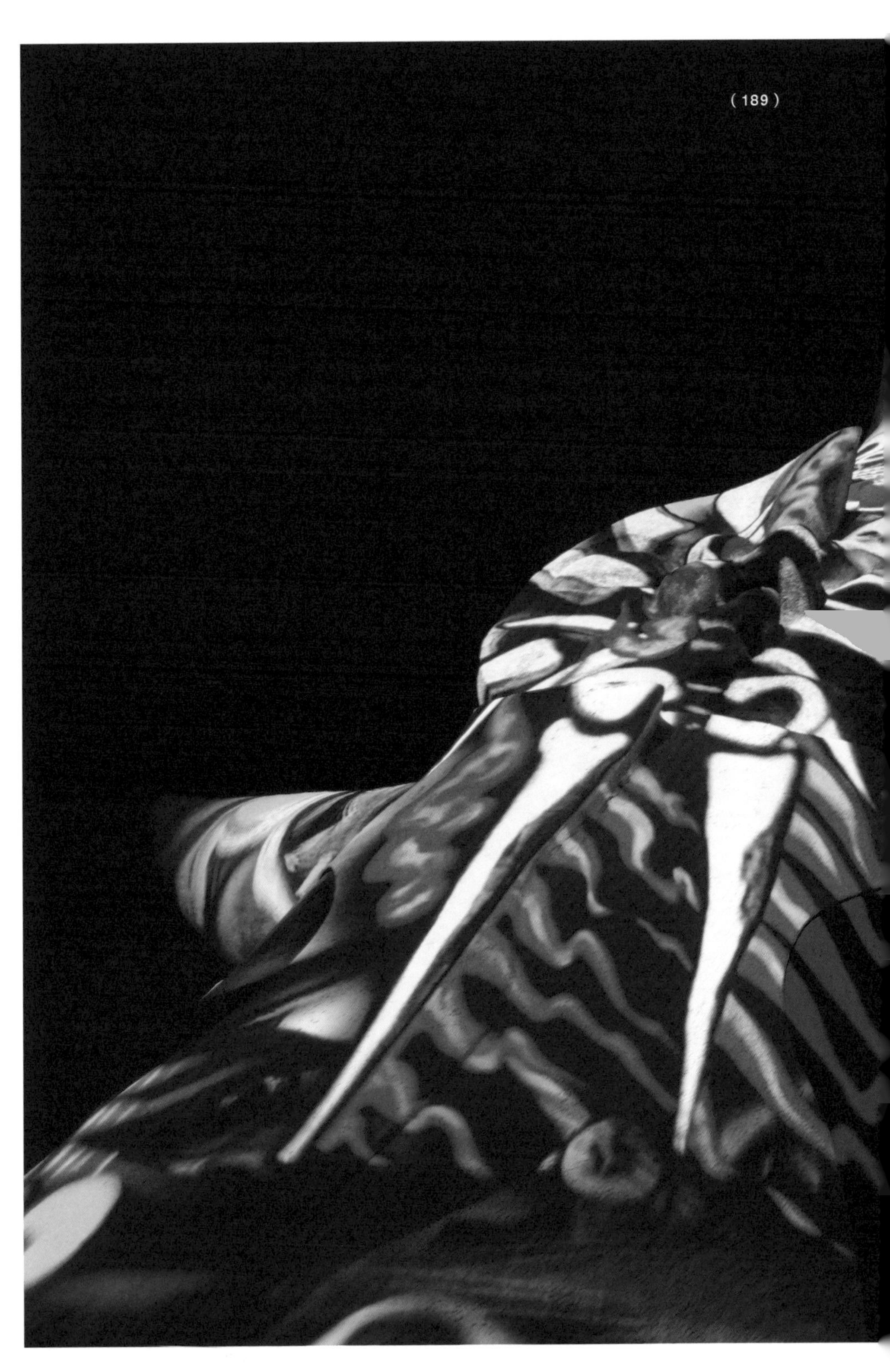

平野　そうだとして、けっきょく太郎は太陽の塔でなにを実現させようとしたと思われます？

安藤　太郎は「縄文土器論」に「四次元との対話」というサブタイトルをつけていますよね？　一見しただけでは太陽の塔は土器とは似ていませんが、自分が発見した縄文土器のように四次元との対話を可能にするものとして、太郎は構想していたんじゃないでしょうか。

平野　〝見えないもの〟や〝見えない力〟と対話するということですね。

安藤　太陽の塔は、地下の世界と地上の世界と天上の世界をひとつにつなげるものですよね。呪術師、シャーマンたちが魂を自分たちから旅立たせるときにイメージする生命の樹でもあります。

平野　いかにも祭りの中心にふさわしい。

安藤　まさに祝祭の理論を造形化したものです。自分がつくってきた二次元のタブローから三次元の彫刻、さらには四次元の「場所」までをも包含するモノを、理論としても実践としても自らが見出してきた祝祭の中心に建てたわけです。

平野　それまで学んできた祝祭の本来のありようを、目に見える形で提示してみせたということですね？

安藤　太郎のいう祝祭は、古層の世界から現代までを貫いている。

平野　なるほど。

安藤　太陽の塔を建てることで、「原型的なものを思い出せ」と言っている。

平野　「身体のなかにある縄文の感覚を取り戻せ」と。

安藤　歴史以前の過去であるにもかかわらず、未来の歴史に直接つながるような力を引き出す可能性を秘めたもの。じっさい縄文土器は抽象表現主義の彫刻家たちがつくっているような高次元の世界を造形化していますからね。

平野　古いから価値があるということではなくて、縄文土器はいまでも意味をもっているし、もしかしたら未来をひらく力にもなり得るということですね。

安藤　そういうことです。人間のもつ原型的な力にして原型的な表現なんです。それを、さまざまな方法を用いて探求していったのが太郎の生涯とその芸術作品だったのではないかと思うんです。

平野　そういう意味で、多面体というより、いろいろなものをひとつにつなげていった人なんだと。

安藤　そうです。

平野　大阪万博に際して、太郎は、表現者としてなにか目立つものを残したかったのではなく、日本人に対して「縄文精神を取り戻せ」とメッセージを打ち込もうとした。ぼくはそう考えているんです。

安藤　アジアで最初の万博ですしね。ヨーロッパで生まれた万博がはじめてアジアに来る。そのときに象徴的なものとしていったいなにをつくったらいいのか、太郎はとことんまで考えたと思います。

平野　ヨーロッパ人にとって探求の場である最果ての地に、いわばお手本を示してやったってことかな？「これを学びに来い！」みたいなノリで（笑）。

安藤　そうでしょう。万博会場に技術の粋をつくして創りあげられた最先端のモノはすべて消滅しましたけれど、太陽の塔だけは残っている。それが真実だと思います。

平野　考えてみれば、万博に呪術的な祝祭性ってないですからね。残っているのもエッフェル塔くらいだし。万博に祝祭的なファクターを投入したのは太郎だけなんですよ。いまに至るまでね。

安藤　万国博覧会ですから、基本的には祝祭とは相反するものですよね。

平野　ヨーロッパが生んだ万博というメカニズムを祝祭であらねばならぬと考えた太郎は、自ら祝祭的な要素を投入し、西洋人に対して「お前らにとっての辺境にこそホンモノがあるんだ」っていうことを身をもって示した。そういうことかもしれないな。

安藤　大阪万博がなぜ特別なものとなったのか。それは太郎の理念があったからだと思うんです。技術だけではなく、人間にとっての原型的なものを示そうという高く強い理念が。

平野　ああ、なるほど。

安藤　ではいったい、その原型的なるものはどこにあるのか。日本人にとっては自らの内なる無意識のなかにしかなかった。それをできるだけ意識的に深め、さらには外へと表現していく。太郎がなしたことは、それに尽きると思います。

（2017年8月16日）

協力／

公益財団法人岡本太郎記念現代芸術振興財団／岡本太郎記念館

大阪府日本万国博覧会記念公園事務所／映画『太陽の塔』製作委員会／
（株）大家／筒井みさよ

PLAY TARO／野坂哲史／坪田 塁／日比野武男

装丁／細山田光宣＋松本 歩（細山田デザイン事務所）
イラスト／星野ちいこ
編集／伊藤康裕（小学館クリエイティブ）

世界をこの眼で見ぬきたい。
岡本太郎と語りあう12人

2020年11月2日　初版第１刷発行

編　平野暁臣
発行者　宗形 康
発行所　株式会社 小学館クリエイティブ
〒101-0051
東京都千代田区神田神保町2-14　SP神保町ビル
電話：0120-70-3761（マーケティング部）
発売元　株式会社 小学館
〒101-8001
東京都千代田区一ツ橋2-3-1
電話：03-5281-3555（販売）
印刷・製本所　大日本印刷株式会社

ISBN 978-4-7780-3623-2